書下ろし

いつか海に行ったね

久美沙織

いつか海に行ったね

校長は立ち上がって行って、ドアを開けた。

廊下には、緊張のあまり泣き出しそうな顔をした男の子がふたり立っていた。小柄なほうはオデコにタンコブを作っており、ややたくましいもうひとりは顎と腕にいくつか絆創膏をくっつけている。

「いらっしゃい。待っていたわ。……えーと、小中千博くんと、高山永治くんよね？」

ひとりずつ目を見ながら校長が確認すると、こどもたちはうなだれるようにしてうなずいた。お入りなさい、ドアを大きく開き、招き入れる。

二百五十九人いるこの小学校の児童全員の顔と名前を覚えているわけではない。けんかの報告をうけ、あとで校長室へ寄越すよう言った後で、ファイルを確認しておいたのだった。

どちらも二年生。集団生活に多少は慣れてきただろうが、見た目は、まだまだ幼い。

高山永治は目立つこども、ガキ大将だ。賢く、弁がたち、運動能力も高い。率先してクラスのリーダー役をつとめている。

小中千博のほうは、内気で夢みがちでおとなしい。ともだちと騒ぐより、ひとりで何かに没頭する。いじめられっ子になりやすいタイプかもしれない。

来客用ソファには昔ながらの白い布がかけてある。紫外線ライトにギラギラ輝くその布の上にちんまりと並んだこどもたちを見た校長は、唐突に、このカバーは捨てよう、別のものに取り替えさせよう、と思った。ただでさえ青ざめて華奢（きゃしゃ）なこどもたちを、まるで幽霊のように見せるから。

「……それで？」

校長は落ち着きはらった顔を作り、パソコンをたちあげながら、自分の椅子（いす）に深く腰掛けた。

「よい子のきみたちが、どうしてけんかなんかしたの。どっちが先に手を出したのかな？」

こどもたちは黙りこくっている。

校長はその沈黙を利用して、パソコン上のメモ帳に「椅子カバー」と打鍵した。これで忘れないはずだ。

ウィンドウを閉じ、顔をあげ、腕組みをして、ふたりのこどもを順繰りにじっほうだ。


と見つめる。年配の女性の無言の視線の圧力に先に屈したのは、からだの大きなほうだ。

「チヒロは」荒く息をつきながら、高山永治は言った。「嘘つきなんだ！」

校長は眉をあげ、指弾された小中千博を見た。小さなまだ赤ん坊っぽい顔をうつむけて、きゅっと唇を引き結んでいる。なんてすべらかな、きめこまかな頰。

「こいつね、先生、ズルして花丸もらったんだ！」高山永治はなおも言い募った。「今日、夏休みの宿題が返されたの。みんなで見せっこしたのに、こいつだけサッサと隠した。へんだと思ったからあとで見たら、絵日記にさ、バカみてえな大嘘書いてた！　そんで花丸なんかもらってんの。ねぇ、そんなのズルイでしょ卑怯でしょ、嘘つきはドロボウのはじまりでしょ校長先生？」

「ちょっと待って高山くん。たしかに嘘はいけないわ。でも、ひとのものを無理に覗くのはもっとよくないわね。誰にだって内緒にしておきたいことがあるでしょ」

「ないね、おれには！」

「じゃあ、嘘は？」校長は高山を睨んだ。「きみだって、たまに、うっかりちょっとほんとのことより大袈裟に話してしまうことあるんじゃない？　それに、日記には、かならずしも事実だけじゃなくて、自分の考えたこととか夢とかを書いてもいいと思うわ。それで、……その、ひどい嘘って、いったいなんなの？」

たぶん高山永治自身が話題になっているのだろうと思った。自分をひどく書かれれば頭にくる。そうでもないなら、他人が日記に何をどう書こうが別にかまわないではないか？

が、予測ははずれた。

「……海」高山は吐き捨てるように言ったのだ。「こいつね、先生、みんなで楽しく海に行きました、なんて書いたの」

校長は震える唇に手をあてて黙り込んだ。

「えらそうに。なんだい。嘘書いて花丸なんかもらってさ。卑怯だ、って、おれ、言ったんだ。そしたら……こいつ、はむかうから」

「だって、破るんだもん」小中千博はつぶやいた。「……返してって頼んだのに……うまく描けたから、ぼく、おとうさんに、見せたかったのに……」

表面張力の限界まで涙をたたえた目が、貫くように校長を見あげた。

「ごめんなさい先生。ぼくが高山くんをたたきました……くやしくて」

「返そうとしたらおまえが無理にひっぱったんだろ」高山永治はわめいた。「だから、端っこのほう、ちょっと破れたけどさ。なんだい、女みたいにぎゃーぎゃー泣いてさ。あーおまえは同情ひくのがうまいよ。先生たちみんな、こいつにだまされてんだよ。だってそうでしょ。海になんか行けるわけないじゃん。昼間にさ。景色見える時に。……あんなの……あんなの、どーせ、嘘だ！　絵本とか見て写したんだ。なのに花丸。ひでぇサギじゃん！」

校長が目配せをすると、高山永治はビクッとして黙りこみ、唇を噛んだ。

「……ほんとに行ったのかもしれない」囁き声になってしまった。「ねぇ、小中くん、海に行ったことがあるの？　その時のことを覚えてる？　いくつの時？」

小中千博はぽかんと口をあけた。熱っぽい目をさまよわせてしばらく考え、校長を見あげ、それから、気弱そうに首を振った。

「……わかんないです……でも、行ったと思う。うんと前。海をみた。きれいだった。海にさわった。うんと……うんと、ちっちゃい時だと思う……」

「誰と？」

「んとね、えとね。おとうさんとおかあさんと、ひろゆきおじさんと、イトコのさくらちゃん。……もうみんな死んじゃった。おとうさん以外みんな。おとうさんも入院してるし」

小中千博の左眼から、とうとう大粒の涙が流れて落ちた。

「先生、ぼく、嘘なんかついてないの。ほんと。今年じゃないけど、前にだけど、ほんとに、海に行ったんです」

小中千博はまず小さな手で、それからトレーナーの袖で、目を拭った。

「あのね、花山先生がね、絵日記には、いちばん楽しかった時のこと書きましょうね、って言ったの。お休み前に、先生がそう言ったの。……だから……ぼく、がんばって、よく思い出した。いちばん楽しかった時のこと。描くの、すごく楽しかった」

校長は立っていって、ティッシュの箱を渡した。

すみません、と妙におとなびた声で言って、小中千博は洟をかんだ。

高山永治はムッツリした顔で、まだ、ヒイキだのずるいだの訴えてやるだのとぶつぶつ言っている。

校長は小中千博のファイルを検索してみた。彼の出生地は北海道だった。

なるほど、ありえないことではないかもしれない、と校長は思った。

この子が幼い頃には、北海道ではまだ昼間外出禁止令が徹底されていなかった。楽観的にふるまうひとびともあった。どんな災厄だか知らないがここまでは来るはずがない、もうじき誰かがなんとかしてくれるだろう、自分は運がいいんだ、ひどい不幸なんてふりかかるはずがない……。

あるいは小中家のひとびとは、リスクを承知で「賭け」をしたのかもしれない。家族のかけがえのない思い出に、まだ幼い息子に一生一度の経験をさせるために、思い切って、禁じられた昼間の海水浴に出かけたのかもしれない。

赤ん坊同然の頃の記憶がそんなに鮮明に残っているなんてことがありうるのだろうか？　……あるかもしれない。よほど印象的な記憶なら。何度も何度も思い返して強化してある記憶なら。ぜったいにないとは言いきれない。

カーソルを動かしてページを飛ばすと、問題の絵日記が出てきた。幸いにも、破られる前に担任の花山誠子がスキャンしておいてくれたらしい。

校長は息をとめた。

……海だった。

画面いっぱいに、ちいさな岩がちの入り江の光景が広がっている。凪（なぎ）の日の大海原と静かに打ち寄せる波、湾の最も深い部分にわずかに残された灼（や）けた砂浜。クレヨンの青と黄色と緑と白と黒の雑多な重なりの向こうに、実際の風景が透（す）けてみえた。小中千博には画才があった。観察眼と、記憶力と、写実のための熱意があった。教師なら誰でも花丸をつけただろう。

海辺のどこにもひとかげはない。右側には小さな岬が伸びており、画面奥四分の一ほどが青空だ。入道雲が沸（わ）いている。真夏の真昼の海辺だ。

いまはもう、誰もいない海。

胸をおののかせる感情を抑（おさ）えて、校長はカーソルを動かした。小中千博の書いた文字が見えた。マスをいっぱいに使ったいかにもこどもらしい手書きの文字が。

おとーさんげんきですか。ぐや
いわるいですか。ぼくわげんき
でやってます。これなつやすみ
のしくだいでえにつきです。い
つかうみにいったね。きれいく
てたのしくておぼいだすといつ
もわらえます。またいつかいく
よね。おとなになたら。いつか
ぼくがおとーさんのことつれて
てあげれるね。　ちひろ

校長は目を半ば閉じ、悲しみが流れ去るのを待った。少なくとも、こどもたちに顔を見せることができるほどに薄まるのを。

壁の白い校長室の中は紫外線ライトのせいでしらじらしく明るい。夜を……小学校に、まだ幼いこどもたちに、本来ふさわしくない時間を……なんとか締め出そうとするかのように。

だが、遮光ブラインドをきっちりと落とした窓の外には、いまも夜半過ぎの闇空が広がっているはずだ。昼の太陽のまばゆい光の下に出ることができなくなった人間たちの灯す乏しくわびしい電気の明かりをところどころにちりばめながら。

わたしも……と校長は思った。

いつか、海に行った。もうずいぶん前のことだけれど。あのひとと一緒に。

それきりもう二度と来られなくなるかもしれないなんて思いもせずに、海に行って遊んだ。波しぶきをはねあげ、あたたかい鹹水にからだを浮かべ、もぐって、泳いだ。並んで砂に座った。肩と肩をふれあわせて。……いまはもういないあのひとと。

なんて幸福で、なんて平和で、なんて贅沢な時だったことか。自分が生きている間にもう一度あんな時代が来るとは思えなかった。校長は四十二歳で、それは、いまの日本女性の平均寿命とほぼ同じだった。

こどもたちは……例えばこの学校に通う二百五十九名のこどもたちのほぼ全員は……海を知らない。闇底にとどろく波音を聞いたり、月あかりに牙のようにきらめく海面を垣間見ることはあるかもしれない。だがそこは危険で、遊んだり憩ったりする場所ではない。潮で泳ぐことも砂浜で日光浴することも、かなわぬ夢だ。

海が「青い」ということも、知識でしかないのだ。

威張りん坊の高山永治が嫉妬に狂ったのも、無理はない。

こどもたちはずっと、人工的な建造物の中で、人工的な照明と空気の中で育ってきた。昼間に移動しなければならなくなった時には、ぶあつい装甲を施した遮光車や、宇宙服のような気密スーツを利用した。日光の遮断は一生涯必要である。昼間の大気にさらされるような任務につくのは少数の志願者のみだ。危険で責任重大で、選別は厳しい。

いく。

こどもたちのほとんどは、このまま一生、ただ夜のみ、夜しか知らずに生きて

かくれんぼも鬼ごっこも、自転車をつらねて走るのも、花いっぱいの野原に寝転ぶのも、みんな夜。まるで吸血鬼だ。陽光のキスをその肌で一度でも味わったら、苦しい死が待っているのだから。昔の本や写真やビデオ映画で知ることはできるが、もはやできなくなってしまったことが、なんとたくさんあるだろう。

たとえ遠い過去のもう取り戻せない思い出であろうとも、かつて、一度でも、昼のまぶしい空の下、自由にどこへでも行け、海や山や緑の自然の中で楽しみ遊んだ記憶を持たせてもらえた世代は幸福だった。なまじ知ってしまったために、二度と手にいれられなくなってからつきせぬ憧(あこが)れに身を焦(こ)がさずにいられないとしても。

校長の胸を、重たく黒いものが塞(ふさ)いだ。

避けられた災厄でなかったことはわかっていたが、それでも、「なぜ」という思いが募る。なぜ、わたしたちがこんな目に。

誰か、事態がどうにも手に負えなくなる前に、なんとかしてくれる方法はなか

ったのだろうか。

人類には高い文明があったのに。月にまでも到達するような科学技術があったのに。

いったいどうしてこんなことになったのだろう。

そして、なぜ、わたしたちの時代に。

あれは、はじまってしまったのだろう。……なぜ……。

1

一九九六年十月　福島県石川郡千五沢ダム

音もなくたゆたう霧が乳色に透ける腕で湖岸の立ち木を抱きしめては放している。朝飯を探す鴨たちが時おりぱしゃんと水音をたてる。あたりはとても静かだ。

関谷光伸はバズーカ砲めいた望遠レンズの筒を使って、枯れかけの萱の叢を掻き分けた。はずむ息を殺してファインダーを覗くが、どちらを向いても、薄ぼんやりと流れる霧があるばかり。撮るべき何ものも視野にはいらない。もう少し岸まで近づいてみたいが、この霧では、うっかり踏み出すと泥や水にはまってしまう。

足元がぬかるんできたので引き返した。固い地面の上を少し横移動し、また水辺に近づく。うずく期待に急かされて。

そろそろ白鳥が飛来する頃だった。三月、関谷がまだ幸福だった頃、遠いシベリアに飛び立っていったあの優雅な鳥たちが。

わずか二十九歳の自分がほどなく癌の宣告を受けることになろうとは、遥か三月のその頃、関谷はまだ想像もしていなかった。うだる梅雨時、抜けぬ疲れとたびたび襲い来るめまいになにげなく訪れた病院は、即座の入院を強くすすめた。果てもなく続き繰り返される検査、治療方針の説明、薬の投与、激しい副作用。家族も婚約者ももちろん関谷自身も、あらぬ希望を抱いて這い上がっては、また奈落に突き落とされるような日々を越えてきた。一生で一番長い夏であり秋であった。

関谷の勤める砥部建設は優秀な営業部員の長期療養を支援してくれてはいたが、戻っても、もう居場所などありはしない。累積債務が社の屋台骨をすら揺るがせている昨今だ。噂の合併が実現すれば解雇もありうる。

式なしで入籍のみを済ませた妻の真紀子への愛と感謝と、なんの孝行もしてこなかった両親にせめて孫を抱かせてやりたい想いを別にすれば、関谷を支えてきたのは、ただひとつ、もう一度、あの鳥たちに会うのだ、という勝手な決意だけだった。会って、こんどこそ、傑作を撮る。自分が骸になり墓におさまっても、素晴らしく美しい、生命力にあふれた、白鳥の写真が残るように。

だからこそ、苦しい治療に耐え、望みのない明日を待ち焦がれて生きてきた。鳥たちは冬のはじめにならなければ戻ってこないからだ。癌めもその希望には敬意を表すかのように、これこのようにタイミングよく緩解期を迎えてみせた。

踏むたびに水の沁み出す湖岸の土にビブラムソールの痕を重々しく残しながら、関谷は自嘲的に笑った。

退院も強引なら夜明け前からの遠出も有無を言わさずだった。真紀子は内心いらだっているだろうに、菩薩のような顔をして、気をつけてねと言いやがった。それでも、オレというやつは、ほんとうは小さい頃からずっと芸術家になりたかったのだなどと考えているのだ。いのちが尽きようとするこんな間際になるまで、ただの一度も真剣に被写体とおのれの技量と向き合おうとさえしなかったくせに。

ふと見上げる空、やや晴れてきた霧に水脈のような尾をひいて、鳥の影が渡った。大きい。白鳥だろうか？

関谷は足を速めた。あの岩崖を迂回(うかい)したあたりに、水面のすぐ近くまで行ける場所があるのではないか。遠回りをしている気持ちの余裕はなかったから、薄(すすき)や萱を薙(な)ぎ倒すようにしてずんずんと歩いた。枯れ草は頑丈で、撮影機材は重く、長期のベッド生活に弱った全身の骨と筋肉がたちまち悲鳴をあげた。……と。

それを見つけたのだった。実のところ、あやうく、踏みそうになった。

大きな鳥の屍骸(しがい)が、半(なか)ば打ち寄せる水に洗われ、半ば柔らかい泥の中に埋まりこんでいた。ねじれた首、苦しげに瞑目したまぶた。半びらきの嘴(くちばし)や、濡(ぬ)れて色の濃くなった羽根の上を、蠅(はえ)が飛んでいる。死んでからそれほど時間がたってはいないようだ。まだ匂(にお)いがしない。

白鳥ではない。雁(がん)の一種だ。ヒシクイか、オオヒシクイか？　汚れがひどくてよくわからないが、ここらではあまり見かけない種類だ。迷鳥かもしれない。

がん。

癌を圧(お)して白鳥を撮りにきたはずが、よりによって野生の雁の屍骸を見つけることになろうとは。

唇に浮かびかけた皮肉な笑いが、こころのもっと深いところから突然押し寄せてきた悲しみの波に飲まれて消えた。

埋めてやろう。そう思った。丁重に弔ってやろう。おまえだって、なにも、こんなところでただ野垂れ死にをするために、はるばる遠くまで旅をしてきたわけじゃないもんな。そうだろ、なぁ?

関谷は乾いた場所にカメラとリュックを置いてきた。生理的嫌悪感をこらえて、死んだ鳥を抱き上げようとした。予想外に重かったのか、関谷の腕が弱っていたのか、それとも泥がねばっていたからだろうか、簡単には持ち上がらなかった。力の入る姿勢を取るために、右足をくるぶしまで水に沈めた時、きっと真紀子がいやがるだろうなぁと思った。こんなに汚して帰ったら。今日は食後の洗い物ぐらい手伝ってやろうか。

うるさく飛ぶ蠅を手で払いながら、何度かやり直し、やっとの思いで抱き上げた。

死んだ鳥の首が、くにゃり、と垂れると、嘴の間から、黒い水がつつつっ、と落ちた。望む相手にはけっして届かぬ呪詛を吐き出すように。

2

一九九七年二月　群馬県高崎市倉賀野

エレベータに乗ったとたん、線香の匂いを感じた。錯覚だろうか。自分のからだに染み付いてしまった匂いなのか。でも、うちのとはちょっと違う香りみたいだけど。

守口真紀子は燃えるゴミの袋を強く握り直した。

四階で停まった箱に乗りこんできた出勤らしい中年男性……たしか大橋さん……も感じたらしい。軽く会釈をして、あげた顔がしかめ面だった。

「なんです、またですか」

「……おはようございます……どうもそうみたいですね」

「やれやれ。今度はいったいどちらさんなんだか。またご老人かなぁ。年寄りは寒さに弱いから」

エレベータ出口で大橋さんと左右に別れ、裏口の集積場にゴミを捨てて来た。なんだかひとが集まってざわざわしているようなので、一階ロビーに行ってみる。

管理人が壁の掲示板に、トナーのまだ濡れている知らせの紙を張り出しているところだった。ゆうべ亡くなったのは、813号室の広沢さんのおばあちゃまであるらしい。かずさん。享年八十九歳。

見守るように集まっていたセブンス・マンション倉賀野の住人数名は、なるほどそうか、とうなずきあい、それからあわてて、おはようございます、と目礼をしあった。

「まぁ年に不足はないってもんだろうけどねぇ」ヨークシャーテリアを抱いた山崎さんの奥さんがしゃがれ声でわざとのように明るくいうと、

「イヤだよ。かずさん、まだまだ元気もいいとこだったじゃないか。来月にでも、またいっしょにラドン温泉に行こうって言ってたんだよ。急すぎるよ」目を赤くした野呂田さんのおばあちゃまが憤慨した。「第一、あのひと、あたしよか、ほんの七つっか年上じゃないんだよ！」

「それにしても、このごろ、なんだかちょっと、続きすぎじゃないですかぁ」鈴(すず)木(き)さんちの若奥さんは、双子か三つ子でも入っていそうな腹をゆすぶってかぶりを振った。「気味悪いですう。なんか一度、お祓(はら)いとか、してもらったほうがいいんじゃないかなぁ」

「まったくです」管理人の田沼(たぬま)さんは首の後ろを手で揉(も)んだ。「暮れから数えてかれこれ七軒め……たまったもんじゃありませんや」

「そんなになりますか」守口真紀子は目を見張った。

「ほんと、たまんないわよね。言っちゃなんだけど、ほらお香典だってさ」山崎さんが言いかけた時、エレベータが開き、黄色い安全帽とランドセルがいくつか、はずむ鞠(まり)の勢いでこぼれだした。主婦連はあわてて笑顔になり、おはよう！と声をかけた。

おはよございまーす、行ってきまーす、口々に言って元気に駆(か)け抜けていくこどもたちを見送っている間に、田沼さんは管理人室にひっこんでしまった。住人のグチや噂話には巻き込まれたくないのだろう、と真紀子は思った。

女たちは立ち去りかねて目配せをし、また、重々しく溜息(ためいき)をついた。

「こどもって言えばさ、片貝(かたがい)さんちの下の坊や。重いんだってね」
「そうなの。あそこんちの子、喘息(ぜんそく)だっけ」
「こないだっからなんかひどくなっちゃって、入院してってね。ずっと意識不明なんだって。片貝さん、栗山(くりやま)さんちの奥さんのとこいって、大泣きに泣いちゃったらしいよ」山崎さんはことさらに声をひそめた。「あんたも娘が大事だったら、こんな葬式マンション、一刻もはやく引っ越したほうがいい、とかって、半狂乱だったって」

真紀子はひやりとしたものを感じた。

葬式マンション。セブンス・マンション倉賀野の前の道を通学路にする小学生たちが、ひそかにそう呼んで怖(こわ)がっていることには気づいていた。セブンスの影の中を通る間は、息をしないで、急いで走って抜けていくのだ。

「やだなぁ。ほんとになんか悪いもんでも憑(つ)いてたりして」鈴木さんはぽちゃぽちゃの顔を泣きべそにゆがめた。「ねぇ、どっかに、霊能者のひととかに、相談しませんか？」

頃合を見計らって井戸端会議を脱出するのに少し時間がかかってしまった。 903
のスチール扉を、開けて、潜って、閉める。冷たい金属の塊にもたれて真紀子はふうっと脱力した。近頃は、ほんの少しばかり歩いても、すごく息がきれる。なにも階段をかけあがってきたわけではなく、エレベータを使って楽をしたはずなのに。

私もマンションに憑いている悪霊にいのちを吸い取られているんだろうか。そうなら、いっそのこと、早く決着をつけて欲しい。いつまでも、こんな中途半端な状態のまま、待たせないで欲しい……。

立ち眩みのような脳に血の足りない感じは、少し静かにしているとやがてよくなった。自分を鼓舞して、身を起こす。

仏壇には、若くして亡くなった夫の位牌と、遺影と、ちいさな鳥のかたちの陶器が置いてある。陶器は、夫が遺してくれようとしたのに結局生まれ出ることができず名前もつかなかった赤ん坊の身代わりだった。

蠟燭をともし、半分に折った線香に火を移し、金色の鐘をこおんこおんと叩いて、真紀子は両手をあわせ、目を閉じた。

「まきちゃん……？」

弱々しく呼ぶ声がし、続いて、ごほごほと激しく咳（せ）き込む音が聞こえた。

真紀子は寝室に急いだ。

母親の佑子（ゆうこ）は枕の上に半ば起き上がっている。咳き込む背中をさすり、伸ばしまさぐる手に吸引器を握らせてやる。気管支を広げて呼吸を楽にする薬は、摂（と）りすぎると心臓に悪い。だが、いままさに苦しい時に、先のことなど考えてはいられない。

三プッシュほど吸い込むと、母はようやくホッとからだの力を抜いた。

「起きてたのねママ。ごめんね、すぐ、ここ、あけるね」

埃（ほこり）っぽいカーテンを片寄せると、空がまぶしい。いい天気だ。

眼下にはどこまでも町が広がっている。ビル、商店、民家、学校、道路、橋、電柱、駐車場、たくさんのマンション……。遥か遠くの山裾（すそ）まで、ほとんど見渡すかぎり、人間が、人間たちが、今日一日、明日一日、みなそれぞれ必ずきちんと一日ずつ、生活を続けている場所ばかりだ。

建築中の部分もあり、取り壊されて更地になっているところもある。どの建物も自然に地面の中から生えてきたものではない、みな誰かが計画し、お金を出し、たくさんの労力を使って作ったものなんだと思うと、気が遠くなりそうだ。バブルがはじけたとか不況だとかいうのに、それでもやめないひとたちがいる。諦めない、負けない、こんな時だからこそチャンスだと言うひとたちがいる。

どうしてそんなにがんばるんだろう。

どうしてそんなに必死になれるんだろう。

なんのために？

真紀子にはわからない。

夫が死に、六ヶ月までは順調に育っていた胎児が突然流れ、父が死にそしていま母までもが目の前でみるみるうちに弱りつつある。ここしばらく、あまりにも不幸ばかりが続いた。ひとつひとつを満足に嘆いている暇すらないほどに。

夫の関谷光伸は快活で陽気で、一見実に頑丈そうな男だった。岩山を歩いてまわるのが趣味で、写真を撮るのが得意で、真紀子などには持ち上げることもできないような重たい荷物を平気で担いだ。ひとより多い残業も遠距離恋愛も、熱意と精力でなんなくこなした。家事だって、時々は、自分から手伝ってくれた。だからこそ……そんなふうにひとに気を遣ってストレスを溜めこみがちな彼だからこそ……そしてあまりにも若かったからこそ、癌というあの恐ろしい病気があっという間に進行してしまったのかもしれない。

旧姓に戻したのは、夫の遺言に従ったからでもあり、もう一度、顔をあげてしっかりと生きていくはずみにしたかったからでもある。

だが、真紀子は、夫の最期を看取るために二十代半ばの貴重な時間を空費してしまっていた。その上流産だ。漠然と思い描いていた未来がすべて消え去ったショックから立ち直るのには、保護が必要だった。ゆっくり休む時間と心のゆとりがあれば、埋めがたい欠落に面と向かう勇気も奮い起こせたかもしれない。だが、頼りの父母が倒れ、一家の日常が自分の肩にのしかかった。どちらも、もともとは、けっして虚弱な体質ではなかった。これが年をとるということなのか、それとも、ひとり娘の悲痛な運命に共感し、こころを傷めすぎたからなのか。

真紀子にはわからない。

いったいなにをどうすればいいのか、とても考えることなどできない。

母を入院させたほうがいいのはわかっていたが、寂しがるし真紀子もイヤだ。病院になんか連れていったら、二度と戻ってこないに違いない。ひとりになりたくない。

どうして自分ばかりがこんな貧乏クジを引かされるのだろう？

平凡に、穏当に、生きていければそれでよかったのに。何も悪いことはしていないし、不相応な高望みもしていないはずなのに。

誰かが倒れれば殺到してその空席を埋め、古びた建物を取り壊し更地にし新しいビルを建てまた違う商売をはじめる……。世の中には絶え間ない勝負に突き動かされるひともあるらしいが、自分はそんなに貪欲でも活発でもない。そういう連中に、仲間入りしたいと思ったこともないし、対抗しようとしたこともない。争いや困難にはなるべく巻き込まれないように、いつだって控えめに遠慮がちにふるまってきた。なにかを決めたり実行したりする役目は苦手できらいだ。

しかし、もうどこにも頼れる相手がいない。

生きることは生活していくことであり、生活とは、少なくとも日本社会では、絶え間なく消費することであった。消費するには元手が必要で、元手は使えばなくなる。
両親が長年住み慣れた木造の平屋は、父の元勤めていた繊維会社の社宅だった。定年を過ぎた父が子会社勤務になってもそのまま住まわせてもらっていたことすら、長年の勤労に対しての温情的措置だったのだそうだ。父が死んだとたん、見たこともない若い男がやってきて、失礼ながら早急に出ていって欲しいと菓子折りを出した。そこは壊して、社長の娘の新婚の家にする予定なのだそうだ。

それまで一度も契約だの交渉だのをしたことのなかった母娘は、不動産屋のなすがままだった。目玉物件とは目の玉の飛び出るような家賃が必要な物件のことだったが、箱入り娘がそのまま老いたような母は、セブンス・マンション倉賀野の見晴らしのよい903号室をひとめで気にいった。父の保険金も貯金もあったし、あまりにもイヤなこと続きだった。少しぐらい贅沢をして、母娘ふたりの寂しい暮らしに、せめて幸福を感じたかった。

相続税というものは、億単位の財産のあるようなひとにしか関係のない話なのだと思っていた。年金や健康保険は、日本人であれば全員無条件で恩恵に預かることのできるものだと思っていた。社宅では会社負担だった水道光熱費や電話代も意外な額にのぼり、しかも毎月とぎれることがない。

カネというものが、さっきあったと思う間もなく、どこかに消えてしまうものだとは、母も娘もまるで実感していなかった。

ポケットを叩けばビスケットがふたつ……。

真紀子は時々、口ずさまずにいられない。

こぉんな不思議なポケットが欲しい……。

使っても使っても、けっして減らないサイフがあれば。

夢だ。だがそもそも、この日々はあまりにめまぐるしすぎ、悲惨すぎて現実感がなかった。すべてが悪い冗談のようだ。非現実なほどの不幸がふりかかるなら、非現実な願いもかなったってよさそうなものではないか？

たすけて！

思いきり声をあげて叫びたい。

もういや。もう耐えられない。もう限界。誰かきて。助けて。この役目をわたしと代わって。なんとかして。

一番哀しいのは愛した夫を恨む気持ちがふつふつと湧き上がってきてしまうこと。彼さえ癌になどならなければ……あるいは、めぐりあったのが彼でさえなかったなら……もしまったく別の男と結婚していたなら、いまごろ自分は。

悪霊だ、と真紀子は思う。

きっと自分のこんな汚い感情が悪霊なのだ。悪霊は罪もない光伸を滅ぼし、老いた両親を喰らい、いまはこのマンションで暴れまわっている。

弱いものから順繰りだ。まず病人。胎児。老人。そうして幼いこどもたち。みんな餌食になる。飲まれて死ぬものが悪霊を肥え太らせ、ますます強くする。

ゾッとして、思わず目の前を摑んだ。真新しいレースのカーテンに、ツッと裂け目が走った。

母がまた、かぼそく咳き込みはじめる。

真紀子の胸の悪霊もまた、確かな実在感を持って黒くくすぶり、いまにもぜいぜいといやな音をたてる咳になって唇からあふれだしそうだった。

3

一九九七年四月　新潟県北蒲原郡瓢湖地蔵堂付近

まぶしいほどの晴天だ。久しぶりに雨があがり、気温もぐんぐんあがっている。たっぷり受け取った水と陽光に待ってましたとばかりに萌えだした緑は、高速度撮影にしなくとも伸びる様を目で追えるのではないかと思うほど。木の芽の赤に薄ぼんやり曇ったように見える周囲の山々の稜線が新緑に飲み込まれるのも間近だろう。

まもなく春まっさかりだ。

なのに……。

高倍率のフィールドスコープを下ろした小中博行は、頸にかけていたタオルの端で汗のしたたる額を拭いた。

「ほんとだ。さっぱり見当たらない」

「でしょ」長嶺安雄はWWFのパンダのマークの帽子の下の皺深い顔をかすかに皮肉っぽく笑わせた。「いつもならあのへんには、何十何百って鷺や鴨がつく。こんな天気なら餌稼ぎに出てきてガアガアうるさいぐらいなはずなんです」

「……はぁ。そうなんですか」

小中の勤める新潟日報文化部に、日本野鳥愛好会蒲原支部のものなのだが、と電話がかかってきたのは、先週の月曜のことだった。前日日曜の観察会で野鳥が大量死しているのを見つけた、というのである。死にかたがおかしい。なんらかの環境汚染ではないか。学者さんを頼んで、調べてもらってくれないか。

春は異動と改変の季節だ。新入社員の研修などもある。諸雑事に追われた小中が素早い対応を怠っていると、厚さ一センチほどの封書が届いた。

写真だった。いずれも鳥を撮ったものだ。さまざまな種類のカモ、アオサギ、シラサギ、ヤマセミ、カワセミ、キビタキなどの水辺の鳥、カケスやキツツキ、カラの類などの山の鳥たちもいた。みんな死んでいる。ほとんどが、つちくれや砂利や草の上に目を瞑って横たわっていた。肉食獣にでも振り回されたのか、羽毛の一部と翼が散らばっているものもあれば、単に安らかに眠っているように見えるものもある。一枚一枚追っていくごとに、日付がみな同じであることに気づき、腹の底が冷えてきた。たしかに多すぎる。めくってもめくっても死体ばかり。

重ねられてあった写真の最後のほうに、決定的な一枚が、小中を、そして文化部デスクの沖田（おきた）を瞬時に絶句させたものがあった。

ロングに引いた構図だった。波打ち際一帯が何百という死んだ鳥で埋まっているのだ。浮かんでいるもの、岸に打ち寄せられたもの。二百や三百はいただろう。

死屍累々（ししるいるい）だった。ホロコーストという単語も浮かんだ。何度もテレビの洋画劇場で再放送するヒッチコック映画の一場面も思い出した。生きている鳥であろうと死んだ鳥であろうと、一定以上の数が集まっているとただそれだけで恐ろしい。

デスクの了解が出てすぐに通報者の長嶺に連絡を取ったが、あいにくの長雨。晴れ間を待ち、都合を確認し、朝早く起きて車を駆った。

待ち合わせ場所に現われた長嶺はくたびれた作業着姿だった。小中がひとりきりであるのを知ると露骨に不愉快そうな顔をした。写真家はこないのか、学者はどうした、と言った。通報から実地見分までに間があいてしまったのは、専門家の手配のためだと思っていたらしい。すみませんが、これはあくまで、今後どういう手配をするべきかを決めるための予備取材ですので、と平身低頭説明した。

交換した名刺によると、長嶺は、野鳥観察愛好家の日本最大団体の蒲原支部長という立場であるらしい。なるほどお偉いさんだ！　自分のような役職名もない若いのしか出てこなかったことで、ご機嫌を損ねたのだろう。そこそこ裕福な初老の男が、酔狂な道楽をヴォランティア活動と思い込んでいて、さらには地域の顔にもなりたがっているってことか、と小中は思った。苦手なタイプ。

この重大発見をお手柄にしたいわけだ。

新聞に顔写真つきで登場したがる人間がどんなに多いか、文化部一番のぺーぺーである小中も、就職以来四年と少しの年月にすっかり思い知っている。同じ出るでも、死亡記事や交通事故では満足できないらしい。へんなかたちの農作物や、趣味の手芸作品などを「ネタ」として高く買って欲しがるのである。そういうひとびととの応対に小中はすこぶる忙しい。ヒマネタは確かに必要だし、彼らは大事な購読者さまでもあるのだから、露骨に邪険にするわけにもいかない。だが、「文化」部記者たるもの、もう少しまっとうに文化的な取材やスクープをやりたいではないか。

とはいえ、舗装のない道の運転も、その移動の時間を利用してのさまざまなレクチャー……瓢湖周辺の地形的特徴、四季の変化や植生や動物相などに関してのもの……も、長嶺はさすがにうまく、ズブの素人(しろうと)が事態を理解する助けとして的確だった。いつもデスクに「要点をはっきりさせろ！」と朱をいれられてばかりの小中は、嫉妬を覚えたほどである。単なる名目だけの幹部ではなく、ほんとうに野鳥たちを愛しており、自然環境について常日頃からよく考えている人物なのだということがわかってきて、小中の反発も少しは軽くなった。

四駆の軽トラの行けるぎりぎりまで入って自動車を降りると、あとは足場の悪い道なき道を徒歩で藪漕(やぶこ)ぎしてゆくしかない。四十歳近くも年かさの男の歩調になかなかついていけない自分が情けなかった。

やがてたどりついたちいさな丘は、瓢湖の一区画をたっぷりと見下ろせる絶景ポイントだ。日本有数の渡り鳥生息地であり、野鳥愛好者のパラダイスであるはずの水辺は、いやにがらんと静まりかえっていた。明るく晴れて美しい風景なのに、たまに高空を通りすぎる影があるぐらいで、鳥たちの気配や声がほとんどない。双眼鏡で探しても、水面に多数憩っているはずのカモなどがまったく一羽も見当たらない。

ほんとうに、みんな、死んじまったのかよ？

強い陽光にあぶられながら、小中は徐々にからだの芯に寒さを覚えはじめてきた。

「……いったいなにがあったんですかね」

「それがわからないから、調べていただきたいと言っているのです」長嶺は山シャツの胸ポケットから携帯用灰皿と煙草を出した。「電話で申しました通り、専門家チームの調査が必要だと思います。早急に」

「専門家のね」小中は手帳を出し、メモをとる準備をした。「……といっても、どういう専門家さんが？　生物学？　エコロジー？　水質検査とかもですか。たしか、長嶺さんは、環境汚染かもしれないとお考えなのでしたよね」

「そうです」長嶺はメンソールらしい緑色のラインの入った紙巻をうまそうに吸

い、生じる灰をたんねんに掌サイズの灰皿の中に落とした。「この水の上流には大都市長岡があり、小千谷があります。各地から出る生活廃水がどう処理されているのか、詳しく調べてみる価値はあるでしょう。ただし、汚染といっても、必ずしも水源の問題だけではない。渡り鳥たちは主にシベリア方面からやってきます。ひょっとすると、原因はそっちかもしれない。チェルノブイリの小型版みたいなことが起こって、ロシアが隠していないとも限りません。疑いだせばきりがない。大気汚染かもしれないし、地球温暖化の影響かもしれないし、太陽黒点の活動と関係があるのかもしれない」

地球温暖化に原発事故……話がやたらでかくなってきたな。やっぱり、このオヤジ、ただの夜郎自大かも……。小中はムズムズする口をあわてて引き締め、メモを進めた。

「もし」長嶺は続けた。「一種類か二種類、近縁の鳥たちだけが死んでいるのなら、たちの悪い伝染病を疑うところです。ですが、餌も違う、巣の作りかたもまるで違うものが軒並みやられている。その範囲がどこまで広がっているかも定かではない。気候、地質、その他あらゆる要素を含む意味でいう環境に、なんらかの重大な異変があったと考えて、あらゆる専門家を動員するべきです」

そりゃ、莫大なカネがかかるぞ。

顔をあげると、長嶺のすこぶる真剣な目にぶつかった。

「うーんと……あのですね」小中は半端な笑顔を作り、手帳を閉じた。「怒んないでくださいよ。長嶺さんにしてみれば、野鳥がいっぱい死ぬのはそりゃあかわいそうでつらいでしょう。バブル期だったら、環境保護のため、とかいえば、まぁまぁ予算もついたと思うんですよ。けどね、正直、いま、みんな、それどころじゃないです。こんな不況じゃあ、鳥なんかより、自分がリストラされるかどうかってほうが大問題だ」

「それはそうだ。しかし、こんな例があるんですよ」長嶺は煙草の灰をきちんと灰皿に落とした。「一九六〇年にイギリスで、七面鳥やアヒルのヒナが十万羽も死んだことがある。当初は天候のせいにされていたが、その後、詳しく調査をすすめてみると、死んだ鳥の大半から肝機能障害が発見された」

「はぁ肝臓」話の矛先（ほこさき）を見失って、小中はますます無理な笑顔を強めた。「うちのデスクもガンマなんとか値とかってやつがヤバイらしいんですよ。ひょっとしてその七面鳥、酒飲まされてたんじゃないすか。ほら、日本でも、牛肉をシモフリにするのにビール飲ませるじゃないですか。フォアグラとかだって、わざと肝硬変おこさせるわけで」

「ピーナッツです」長嶺は言った。「ピーナッツを食べさせられていた。その飼料用のピーナッツ滓が……アフリカ産という説とブラジル産という説がありますが……アスペルギルス・フラバスを大量繁殖させていた」

「アスペル……なんですって?」小中はあわててまた手帳を開いた。

「アスペルギルス・フラバス」

「病原菌ですか」

「カビです。麹カビの一種です。こいつは四種類のアフラトキシンを産出する。その中のひとつ、アフラトキシンBと命名されたものは、自然界の作り出すもののうち、少なくとも現在までに発見された中で、最強最悪の発癌性物質です。さっきの話の十万羽の家禽はね、癌で死んだんです」

小中はあんぐり口をあけた。

「カビ? カビが癌を起こすんですか? それ、……人間にも、伝染るんですか？」

「伝染するという言い方は正しくないが、同じカビが原因で、人間が癌になることも、もちろんありえますよ。現にアフラトキシンによる癌患者は、タイ、インド、アフリカ諸国などで、多数発生が確認されている。いまはまだ、ほとんど、そういう、暑い地方でのみの話ではあるが」

小中はごくっと唾を飲み込んだ。「もうじき梅雨じゃないですか……うちの安アパートなんか、押し入れとか風呂場とか結露しちまって、やたらカビが出るんですよ！　第一、最近の日本ときたらまるで亜熱帯じゃないですかぁ！」

長嶺は、やっとわかってくれたか、とうなずいた。

「ですから、是非、一刻も早く、確かな専門家集団に、あの鳥たちを調査してもらうようにして欲しいんです」

一九九七年四月　新潟日報本社

唇の端に咥えて揺らしていた爪楊枝をクズ籠に捨てる。よっこらしょと腰を落とすと事務用椅子がギイと鳴った。ポケットからとりだした容器から掌にあけた仁丹を口にほうりこむ。がりがり噛み砕きながら、容器をポケットに戻し、脂ぎった額に張り付く前髪を手でのけ、机の上にたまった書類を眺めやる。いくつかは脇に避け、いくつかには判子を押す。ていねいにトレイに置かれるものもある。

背にある窓から午後の日差しに輝く町並みが覗く。遅めの昼食で満杯になった胃はまぶたを重くするだろう。仁丹臭そうなおくびが半ばからあくびになり、声も漏れた。

と。文化部デスク沖田晴親の手が止まった。

眠たげだった瞳に強い光がともったような気がした。無意識のうちにポケットをまさぐった右手が（仁丹の容器を探しているのに違いない）そこで止まる。沖田は低く唸り、机のひきだしをあけ、封を切っていないハイライトを取り出した。歯でむしるようにしてセロハンをはがすと、大急ぎで一服つけ、煙とともに深呼吸をして、あらためてゆっくりと原稿をめくりはじめる。

デスクが戻ってきてから、小中博行は、ずっとその動向に集中していた。自分の机で週刊誌のどうでもよい記事を眺めながら、じりじりとその時を待っていた。いまに呼ばれる。きっと呼ばれる。とりあえず、今年に入ってから四度めか五度めの禁煙を破らせるほど興奮させたのだ、つかんだ！　きっと、デスクに誉められるぞ……！

「こなか」

――ほら来た！

ハイ、と返事も軽やかに、飛び上がるようにして駆けつけて、たちまち失望した。沖田は、これ以上不機嫌にはなれないほど不機嫌な顔をしているではないか。なぜだ？　どこが悪かったのだ。

「なんだこれは」

「えーと、ですから例の……瓢湖の鳥の話です。きのう、早朝、行って情報提供者にあって現場を見てきまして、それから、ウラを取るのに少々時間がかかり」

「じょうほうていきょうしゃ」沖田は鼻を鳴らすと、小中が昨晩四時間もかけて書き上げた原稿に、煙草の灰をこぼした。「野鳥がたくさん死んだ、そこまではまぁいい。事実だからな。問題はその先だ。このやたらおどろおどろしいカビの話はいったいなんだ？」

「苦労したんですよう。うちの兄貴が医薬品関係のメーカー勤務なんで、アスペルギルスに詳しいひと知らないかって聞いてみたんですけどさっぱりで、医大の先生を紹介してもらったんですけどそのひともダメで……ちゃんと話してくれる先生をみつけるまでに、ほんと、ウンザリするぐらいタライをまわされちゃったんスけど……結局、英語の文献を自分で読めって言われちゃって。それがまた、こーんな細かいアルファベットで、どの行もどの行も、辞書ひいても載ってない単語ばっかで」

「いいか、小中」沖田は新しい一本に火をつけた。「新聞は事実を書くもんなんだ。揣摩臆測をバラまくものじゃない。しまおくそく、書けるか、え？」

「か、書けません。でも、でもデスク、それはみんなほんとのことで、もちろん、オレの訳が誤訳の勘違いだったらアレですけど」

「おれが読み取ったところによるとだ、そもそもここに書いてあるのがデタラメだったらわからないが一応事実だと仮定して、だ。その英国の事件というのは、アヒルのエサのピーナッツが傷んでたってだけのことだろ？　んなもんが天然自然の野鳥の大量死の原因なはずがないだろうが。バカモン。家畜と野鳥をいっしょにするな！」

「かきんです」

「なに？」

「家畜じゃなく、家禽、っていうらしいです、アヒルとか七面鳥とかは。ウシとかブタとかと区別して。猛禽類の禽」

沖田はなにかブツブツロの中でいいながら、右手を背広のポケットにいれ、しゃかしゃかと仁丹の音をたてた。

「とにかくだな、癌だの肝臓だのはヤバい。よほどの覚悟がある時でなければ使ってはいかん。センセーショナルすぎる。雑誌ならともかくうちは新聞だ。読者をパニックに陥（おとしい）れるようなことは書くんじゃない。それをいい気になりおって、こんお調子モンが！」

「……はぁ、すみません……」

小中がしょんぼり肩を落とすと、沖田は苦々しげな顔をわずかばかりくつろげた。

「いいか」声を落とす。「ここだけの話な、話はいい。よく調べた。おまえにしては上出来だ。ただな、麹カビに発癌性うんぬんってのは、よくない。あまりにマズい」

「なぜです？」

「社長の奥さんとこの実家はなんだ？」

「は？　うちの社長ですか？　……えー確か、雪(ゆき)の誉(ほま)れ酒造の蔵元……あ」

そういうことだ、と沖田はうなずき、去れ、と手で合図をした。

日本酒は水と米と糀(こうじ)から作られる。糀すなわち麹カビ。

麹カビの一種が癌の原因であるなどと新聞が書くことは、酒造会社にしてみれば、いきなり工場に核ミサイルを打ち込まれるも同然なのだった。

早とちりな読者は、麹イコール癌、日本酒イコール癌、と思い込んでしまいかねない。誤解をされないよう懇切丁寧(こんせつていねい)に書くことはできるが、見出しだけを見て勘違いをする読者は必ずある。それも少なからず。イメージダウンは計り知れない。

ただでさえワインやビールや焼酎(しょうちゅう)、外国産の安い酒類などにシェアを奪われている昨今だ。日本酒メーカーは過敏な反応をするだろう。そもそも、社長の身内であろうとなかろうと『雪の誉れ』は、広告はもちろん季節ごとのさまざまなイベントなどへの協賛や寄付で何かと助けてくれている大スポンサーであり、長い伝統のある地元優良企業であった。恩をアダで返せば憎まれる。へたをすると、地元のみならず、全国の日本酒業界全体まで敵に回す。小中の首筋に汗が浮いた。

もちろんカビだ麴だと一口にいっても、何万という種類があるのである。ペニシリンも、水虫も、風呂場のタイルのメジを黒ずませるのも、餅(もち)やチーズを色とりどりにするのも、各種キノコもみんなカビだ。

漢字で書けば、バイキンの黴(バイ)である。危険で不潔で邪魔(じゃま)くさいものだという印象が強いのは否(いな)めない。だが、毒と薬は同じなのであって、バイもキンも実はうまくコントロールすれば大いに役にたつ。予防注射の主成分がウィルスであることも多い（破傷風は違う、細菌由来の蛋白(たんぱく)である）。もしこの世に腐敗菌がなければ地球表面はゴミと屍骸で埋め尽くされてしまう。酵母がなければ、発酵食品はもちろんできない。薬品会社などは世界じゅうの土をほじって、ＨＩＶなどへの特効薬となる細菌やカビを探している真っ最中だ。

顕微鏡サイズの生き物たちには、無限に近いほどのバリエーションがある。数あるカビも、それぞれにまったく違った性質や特徴をもっている。おそらくは、まだまったく誰にも発見されてもいないものや詳しく調べられていないものの中にも、人間にとって有益だったり有害だったりするものが無数にあるのだろう。

カビと呼ばれる生物の全容が赤裸々に解明するようなことを期待するのは、そもそも現実的ではないかもしれない。なにしろ、すでにおなじみのカビたちでさえ、充分に不可解で手ごわいのだ。水虫に悩むひとは絶えず、松茸はあいかわらず高価で、家事のうちでももっともイヤなのは風呂場の掃除だと答える主婦が多数存在する。これらすべてが、カビというやつが、簡単に制御されてくれるようなお手柔らかな生き物ではないことの証拠である。

しかもこのへんのなんだかんだは、みな、小中自身が、まともな記事をものするためにあれこれドロナワ的に調べて見て、はじめて知ったことなのだった。カビなんてもんについては必要なことはとっくに知っていると思い込んでいたが、改めて理解しようとすると奥が深すぎた。

一般読者の大半は、カビはカビ、麹は麹と思うだろう。それ以上深くは考えない。多少毛色がちがっていても、味噌（みそ）も糞（くそ）もいっしょくたに……ああ、そうだ、味噌もまさに麹で作るのだった。醤油（しょうゆ）もだ。ひょっとすると、味噌メーカー醤油メーカーまで全部そろって名誉毀損（きそん）だって訴えてくるところだったじゃないか！

……事実であろうが臆測であろうが、この記事は握り潰すしかない……。

自分の机に戻るみちのりは、いやに長かった。小中は、仁丹が欲しくなった。なにかをガリガリ奥歯で噛み潰して、スーッとしたかった。くそ。苦労したのになぁ。いっそ、こんなもの、破ってしまおうか。

だが……惜しかった。

これはイケる、ホットな話題だ、と、記者の勘が言っている。そんなものがおまえごときチンピラにあるもんか、いい気になんな、タワケ者が！　と、沖田に丸めた雑誌で殴（なぐ）られそうだが。

小中は燃えていた。カビについての調べをすすめながら、生まれてはじめて、知識欲で胸がたぎり、血が逆流し、からだがザワザワしてくるような感触を得たのだった。英文や学術論文がスラスラ読めない自分の頭の悪さや長年の不勉強が、悔しくて歯がゆくてたまらなかった。調べれば調べるほど、もっと詳しく知りたくなった。怖い話ばかりがどんどん出てくる。もっと知ることはもっと怖くなることに違いないという予感に突き動かされながらも、知ろうとせずにいられなかった。いったん知ってしまったからには、もう、知らなかったことにはできない。

少なくとも、これは、男性性器にたまたまそっくりの見た目に育ってしまった巨大キュウリや、中学生ひとクラスが粘土で作ったオカリナで合奏をして老人ホームのお年寄りがみんな喜びました（写真つき）、などといった話題とは、かけ離れた次元のものである。そういったことがらにも貴重な紙資源と印刷コストを費やす値打ちがあるのなら、これこそ、広く大衆に知っておいてもらいたい、もらわねばならない、真に「文化的」なネタのはずである。

知ることは確かに怖い。怖いことを知りたがらない、自分にはそんなことは知らせてくれるな、と言うひともいるだろう。だが、知らずにのほほんとしているやつらだって、怖いものから逃れられるわけではない。やられる時はみんなやられるのだ……！

酒造会社が怖くて文化が語れるか。おれは文化部の花のホープの一等星になりたかったのではないのか。

ひとのいのちのほうが、メンツより、一民間企業の利益より、イメージよりも大事じゃないのか？　そこで日和（ひよ）ってしまったら、マスコミは、公害問題も薬害エイズも、戦争だって、語れるはずがないではないか！

考えれば考えるほど興奮してきた。公憤ってやつだ、と小中は思った。くそ、おれはさっき、ひょっとして、上からの圧力ってやつをかけられたんじゃないのか。

そもそもだ、日本の食卓には、発酵食品がやたらに多いんだぞ。酒も味噌も醤油も納豆（なっとう）も、ごくふつうの庶民にとって、とても日常的な、毎日の食生活に欠かせないものばかりだ。地方食にも、しょっつる、クサヤ、このわた、浜納豆などなど、なんやかんや微生物の助けを得て生産するものがたくさんある。

もしピーナッツが危険な方向に傷（いた）むなら、米とか大豆とかの日本の一般食材も、同じように傷まないとは限らない。ぜったいにそのヤバいカビにやられないと言い切れるわけがない！

ちなみにマウスによる実験では（あまりに家庭向きでないので記事にはできなかったが）アフラトキシンB_1が飼料中に1ppb（十億分の一）存在すると一〇四週後にほとんどの被験体に肝腫瘍（しゅよう）が生じ、15ppbでは六十八週後の死亡率が百パーセントに達したそうだ。ざっといえば一年で全滅なのだ。十億分の十五の薄さで！

アスペルギルス・フラバスとやらは、熱帯地方特有のものなのかもしれない。だが、もし、もっと寒さや乾燥に強い突然変異体ができたら……あるいは、日本の気候のほうがじわじわと変わってしまったら？

くしゃくしゃになりかけた原稿用紙をひきだしの目立たないところにそっとしまいこみながら、小中は、もう少し、せめてもう少しだけは、調べてみようと思った。時間を作って。こっそりとでも。

野鳥と家禽は違う。だが家禽も元は自然の鳥から生まれてきたものだ。事実、大量死は起こっている。なにが、なんのために、なぜ起こしているのかもわからない災厄が……人間たちのほとんどがまだ全く知らないところで、ひそかに。しかし、確実に。

4

一九九七年五月　豊島区南長崎

来客用スペースがふさがっていたので、マンションの入り口のまん前の駐停車禁止区域に黒いベンツの巨体を停めた。舟和高徳がドアをあけようとしたところへ、ちょうど通りがかったのは乳母車を押した妊婦である。生活にすさんだ顔に咎めるような表情を浮かべやがった。作り笑顔でこたえ、彼女の後にゆっくりと続くように、玄関ホールに入る。

廊下の狭くなったところに、管理人室と郵便受けコーナーが向かい合っている。先の妊婦がさっそく管理人室の小窓にかがみこんでおり、サッとこちらを向いて、あのひとよ、批難がましく口を動かした。

出てきた管理人の秋山が、なんだ舟和さんだったんですか、お待ちしていましたよ、相好を崩す。妊婦は拍子抜けし、あきれたように秋山を見たが、ここのオーナーさんですと説明されると、不愉快そうに顔をしかめ、足早に郵便受け側に消えた。

自分のようなチャパツの若輩者がベンツSLに乗っていて、しかも、都内優良物件を多数抱えた不動産会社の後継ぎ御曹司だったりすることは、彼女の人生とはなんら接点のないことなはずなのだが、と舟和高徳は思った。ただあるがままにそこにいるだけでひとの憎しみを買うのは何もいまがはじめてではない。

合鍵を取りにいったん管理人室にとってかえした秋山が戻ってくるのを待って、エレベータに乗り込む。

「で。警察には連絡したんですか？」

「してはみたんですが」手の中の鍵を選び出しながら、秋山が言った。

合併縮小された鉄鋼メーカーをリストラされる前に自分から早期退職したという初老の秋山の喋りからは、強い訛りが抜けていない。たぶん一生抜けないだろう。

「たんなる失踪じゃあ、どうせ書類を書くことしかできないそうで」

「もし死体が出てきたら、それから駆けつけようというわけですね」

「……出ますンですかね」秋山は猪首（いくび）をすくめて囁いた。「ヤンタなぁ。だって、し、し、死んでるとするといつからなんだかさぁ。腐ってないかなぁ。ヤンタなぁ」

「ま。真夏がくる前に気づいただけ、よかったと思いましょうよ」

お互いに。

老人が死亡してから夏や梅雨時が来たとしても、もしクーラーがかけっぱなしのままだったならば、腐敗が進むまでには時間がかかるだろう。部屋の賃貸料や電気代などが銀行などからの自動引き落としなら、残高がなくなるまで電力は供給され続ける。冷やし続けられ、部屋は借り続けられる。下の部屋にウジや体液が滴（したた）るほどになってようやく発見、ということもありえたのだ。

住み込み管理人が秋山のような心濃（こま）やかで目配りの行き届いた人間でなかったなら、「二週間まったく顔をみないなんてぜったいにおかしいし、新聞屋さんも集金ができないと言っているし」という話が、こんなに早く聞こえてはこなかっただろう。

秋山は、都会の人間たちのエゴの強さと互いに対する批判的態度にほとほと疲れ果てていて、引退したがっている。都心なのに住居費が掛からない親の職場にこれ幸いとパラサイトし続けている三十歳ほどだという息子をなんなら独立させてでも、夫妻そろって、住み慣れたいなかに帰りたいと考えているらしい。変死人が確認されたら、それを機に、ほんとうに辞めてしまうかもしれない。

すべての店子の苦情に一年三百六十五日二十四時間粉骨砕身誠意をもって対応してくれるような古風で献身的な管理人は、もうたぶん、二度と見つからないだろう。ここもそろそろ、警備保障会社を頼んで無人管理をすることになるのだろうか。

舟和はそっと溜息をつく。

そもそも、死体の損傷があまりひどくなってからでは、内装のやり直しにカネがかかる。幽霊が出るとかなんとか噂がたてば、価値は激減だ。

舟和不動産としては、むろん、死体になどに、ぜったいにいてほしくなかった。

死んでいるのだとしても、是非、どこかよそで死んでいてほしかった。

だがたぶん、甘い期待というものだろう。舟和の予感はたいがいあたる。悪い予感であればあるほど。

昭和の終わり近くにできたこのマンションは、スペースにゆとりをもって作られている。各戸の玄関は、廊下には直接面していない。居住空間の一部に食い込む形で四角い窪みがあり、簡単なものではあるが、鉄の門扉も設置してあるのだった。この窪みに、ガスや水道のメーターボックスが隠され、それぞれの居住者が三輪車や買い物カート程度は出しておけるようになっている。各部屋の玄関扉は、廊下に対して直角だ。

306号室の門扉には、きちんとかけがねが下りていた。外灯のない暗がりに、まったく読まれたあとのない新聞が山をなしている。秋山が積んでやったのだろう。

舟和はチャイムを押し、もう一度押し、耳をすませた。何の気配もない。スチールのドアを、そっと叩く。

「……白井さん、白井さん、いらっしゃいませんか？」

返事はない。

舟和が振り返ると、秋山が白いタグのついた鍵を差し出した。

受け取ろうと手を伸ばしかけた時、どこか近くの部屋で、犬が吠えはじめた。秋山がハッとしたように舟和を見る。ペットは禁止がたてまえだった。

舟和はちょっと笑って、鍵を受け取った。さしこみ、回した。扉を開ける。

空気は生ぬるい。覚悟していたが、特になんの匂いもしない。電灯はついていなかったが、灯り取りの窓から日差しが入っているので、整然と片付いた上がり框がぼんやり見えた。犬の吠え声のあいまに、どこかで、ぶうん、と何かの唸るような音がしている。この室温では、クーラーはついていなかったのだろう。ということは、居住者が動けなくなったのは、真昼のことではないのかもしれない。この音が冷蔵庫ならいいが、蠅だったらイヤだな、と舟和は思った。

靴を脱ぎ、スリッパに手を伸ばしかけてためらった。できるだけ、余計なものにはさわらないほうがいいだろう。やれやれ、へんなものを踏まされなければいいが、と思いながら、靴下裸足のまま、あがってゆく。

本棚に囲まれた薄暗い廊下を途中まで行ってから、秋山がついてきていないことに気がついた。ふりむくと、真っ赤な顔をして、あけたままの扉にしがみついている。テコでも動かない、という顔つきである。

無理強いは気の毒だ、と舟和は思った。ひとりで行くのはイヤだったが、考えてみれば、玄関ドアが閉まって「密閉」されてしまうのも、いささか気味が悪い。退路を確保してもらっているのだと思うことにした。

たとえ第一発見者になってしまっても、だからといって、変死の犯人扱いされることはぜったいにないはずだ。死亡推定日時が今日になるとは思えない。

舟和は背広のポケットからハンカチをとりだして右手に巻いた。ノブにさわる時のためでもあり、吐き気をもよおした時口にあてがうためでもある。

行きがけに覗いてみた風呂場も、台所も、清潔に整っていた。居間は無人だった。もと教員だという白井の文化教養あふれる生活ぶりを現わすかのように、食卓兼用らしいテーブルのそばに、書籍が少し、オーディオ雑誌と『サライ』が数冊、それに、バードカービングのキットが散らばっていた。途中まで彫られたアオゲラは、なかなかに見事な出来だった。とすると、廊下の途中の本棚のあちこちにあった鳥の置物も、彼の作品だったのだろうか。奥の部屋の戸をそっと押す。

死者は厳かに横たわっていた。

窓辺のブラインドが半端にあいていて、ベッドには筋をなした光が降り注いでいる。寝具がすべてモノトーンの抽象柄だったこともあり、なんだかありがたい宗教画のように見えた。

空気は生ぬるいのを通りこして、暑いまであと一歩という感じだ。舟和は、首筋や腋の下にうっすらとかいた汗を意識した。

ハンカチを顔にあてながら、足を擦るようにして、すぐ傍らまで行ってみた。肩から下を布団に隠して仰臥した死者は、あまり苦しんだようには見えない。枕がややずれているのと、白髪がほとんどの無精ひげがまばらに伸びているのと、布団からはみだした右手のそばに、くしゃくしゃになったタオルがあるのが気になる程度だ。たぶん、だんだんに意識が混濁して、そのまま死んだのだろう。乾いて内側に丸まった唇がかすかに開いて、やや黄色っぽい前歯が見える。ひょっとすると、最後になにか言ったのか。言いかけて、やめてしまったのだろうか。

くも膜下溢血で倒れた父がこんな顔をしていた。夜中に「うっ」とひと声高くうめいたが、苦しむでもなく、暴れるでもなく、ただそのまま静かになったんだそうだ。すぐ隣には、あの女がいたが、何の役にも立たなかった。その声は確かに聞いたけど、まさかそんなに大変なことだとなんか思わないもの、朝まで知らずに寝ていたの。あの女は来るひとごとに告白した。もし、あの時、飛び起きて救急車を呼んでいたらねぇ。毎度、たっぷり涙を流しながら、後悔して見せた。

それでもきっと手遅れだったよ。なまじそれきりボケちゃったら後が苦労だったんだからさ。結局舟和さんらしい見事な大往生だったじゃないの。葬儀の客のほとんどが、なんらかの慰めを言った。悔やんじゃだめだよ、自分を責めないで。肩を抱かれるたびに、そうね、そうね、ありがとう。あの女は、涙に濡れた顔に弱々しく笑みを浮かべた。喪服に似合う巧みな化粧がほどよく崩れ、みっともなくなる寸前で留まって、あの女を、典型的な哀れに美しい熟年未亡人に仕立てていた。

おみごと。舟和はひそかに拍手をしてやった。

夫婦仲なんてとっくに冷え切っていたくせに。同じ部屋でなんて眠っていなかったくせに。酔っ払うと、あんなやつさっさと死ねばいいと口走って茶碗や皿を投げていたくせに。

親父が死んで、遺産が入って、しかもみんなに注目され同情してもらえるなんて……あんたの人生、いまがクライマックスじゃん。

頬にふわりと何かが触れてギクリとした。それで耳が生き返り、羽音に気づいた。案の定、蝿が数匹飛んでいる。そのうちの一匹を目で追うと、天井にたくさんの蝿がたかっているのがわかった。うごめく蝿ドットが髑髏に見えて、首筋がゾッとそそけだった。偶然だ。気のせいだ。単なる偶然だ。

はやく出よう。

気を取り直し、急いであたりを見回してみた。

サイドテーブルにノートとティッシュ、小銭入れ、電話の子機、のみかけで蓋のはずれた日本茶のペットボトルなどがある。ボトルの底のほうのたまり水に、ふわふわと埃っぽいものが浮いている。

ノートの一番上のページには、ななめに大きく、119、と書いてあった。ペンは見当たらない。どこかに落ちて転がったのか。

具合が悪くなって、それでもまだ救急車を呼ぶのを躊躇い、いざ呼びたくなった時に肝心の番号が思い出せなくなるのを心配したのだろう、と舟和は思った。

男のひとり所帯にしてはどこもかしこもきれいに片付いていることも、着ているパジャマが清潔で新しめなのも、布団にきちんとまっすぐ入っている姿なのも、みっともないことをしたりひとに迷惑をかけたりすることを極力恐れたからかもしれない。

爺さんよ、そんなギリギリまでツッパッたりしないでさ、こりゃちょっとヤバイかもと思った時に、さっさと119番しちまえばよかったんじゃねぇの？　うちのババアなんて、こないだ、ちょこっと貧血おこしたって救急車出動させてたぜ？　自分の時は即行。

人生は、いけずうずうしいほうの勝ちなのさ。

無言で首を振り、きびすを返しながら、舟和はハンカチをしまい、携帯電話を取り出した。まとわりつく蠅をはらいのけながら119をプッシュしかけ、明らかにもう間に合わないこんな場合には110番のほうがいいのかな、とちょっと迷った。まぁいいや。両方かけちまえ。

一九九七年六月　東京都駒込法医学センター

剖検室に数珠を持ち込むのは鹿又綾子教授だけではないかもしれない。だが施術に入る前に必ず居合わせた全員にきちんと両手をあわさせて黙禱させ、作業途中、それができる時には常に、低い声で般若心経を諳んじ続けるのは、たぶん日本じゅうで彼女だけだろう。

頭蓋骨に切れ目を作る電ノコの響きと低く唸るような読経の声は、妙にシンクロして、あたりにいわく言いがたい雰囲気を漂わせた。鼻は原始的にして便利な器官で、胸のむかつくような匂いにもほどなく鈍麻してしまうものだが、耳はそうではない。

経の暗唱や、それを聞くことは、精神に集中とリラックスを同時にもたらす、と教授は言う。相手が既にいかなる痛みも感じることのない亡骸であることを、そして、また、ついこの間まで生きて動いてなにかを感じて考えて成し遂げていた人間であり、家族や知人にとっては、その肉体もまた（たとえ亡骸で抜け殻だとしても）尊いものであり続けているのだということを、常にフィードバックさせる役にもたつ、と。

それってモロに矛盾(むじゅん)なんじゃないんでしょうかと問うと、もちろん矛盾だとも、人間存在は矛盾そのものじゃないか、色即是空、空即是色……と真面目(まじめ)な顔をして言われてしまった。

若い武田真吾(たけだしんご)にとって、母親というよりほとんど祖母に近い年配の鹿又教授は、大いなる謎であり、目の前にたちふさがった壁であり、学ぶべき真似(まね)ぶべきことがらの偉大な集積回路であった。

高度に専門化し分業化した医療体制の中においても、異状死体の死因を究明する監察医というものは非常に特殊な存在である。そもそも絶対的な人数がたいへん少ない。日本に監察医制度がおかれて半世紀たつが、実際のところ、それは東京、横浜(よこはま)、大阪、神戸(こうべ)の各都市でしか実施されていないのだ。

他の道府県で変死体が出ると、一般医師が検案をする。検案とは、メスをいれず、あくまで外見的な異状を観察することである。一般医には行政解剖を行う権限がない。刑事訴訟法に基(もと)づいて鑑定を嘱託された場合に限り司法解剖を行うが、これは、犯罪に関係があるかその疑いがあって関係筋から要求された場合のみの話である。つまり日本のほとんどの地域では、事件性が低いとみられる変死体は、解剖などされない。検案のみ行い、さっさと荼毘に付す。

当然、検案では本来特定しきれない死因も多々ある。それを無理やり独断的に決定する傾向がまったくないとは言い切れない。司法解剖の手続きを取ったり、遺体を搬送したり、学識者による剖検を待ったりするのには、時間もコストもかかる。手間と予算を厭うことによって永遠に隠蔽されてしまう死因や犯罪も、当然、少なくはないはずなのだが、病院も警察も、既に抱えこまされた案件で充分忙しすぎる。誰もクレームをつけぬなら、寝た子は起こしたくないのである。

ようするに日本の医師のほとんどは、死体など、まったくといっていいほど診ないのだ。学生時代に短時間の解剖実習や見学はするが、あとは一生、そのQOLや生命力の程度がどうであれ「生きている」患者だけを診察し続けることになる。だが、医学や病理学の発展のため、そして医療とその従事者に対する一般の信頼や期待にこたえ社会的責任をきちんと果たすためには、優秀な監察医つまり死体専門医がぜったいに必要なはずではないか、と武田は考えたのだった。

誰かがやらなければ。ならば、自分が。

武田真吾の故郷は三重県である。父は泌尿器科、母は消化器内科の開業医で、夫婦そろって母方の祖父のひらいた医院を引き継いでいる。上の兄は脳外科、次の兄は産婦人科の専門医としていまはそれぞれの出身大学に勤務している。経験と金を貯めたらすぐにも、地元に帰り、武田病院を改築してもっと大きなものにするだろう。末っ子にして三人の息子のうちでもっとも成績のよかった彼も、もちろんいずれはこの家族チームに入ることを期待されていた。なんなら麻酔や美容整形などの「いっぷう変わった」方面に進んでくれてもいいぞとは言われていた。真吾は、なんでも器用にこなすほうだからな。

だが、長年の婿養子の立場から、そうでなくとも生真面目で堅苦しい性格の末息子にはなるべく自由にのびのびさせてやりたいものだと漠然と感じていた父親としても、ひとりで東京に行ってみたいと告白された時には困惑した。だって、ボクまでそんなに稼がなくてもおとうさんもおかあさんもちっともお困りにならないでしょう？　ボクは、どうせ一生を懸けるなら、同じ仕事をする人間のうちで、世界とは言わないまでもせめて日本で、五本の指に入るような人間になりたいのです、それがこの世に生んでいただいた尊い恵みに対する恩の返しかただと思うのです、と、ひたむきにまっすぐな目をして語られては、俗っぽい反対など、できはしなかった。

孤高の才人鹿又綾子教授のことは、医学部五年生のころ、論文で知った。ファンレターあるいはラブレターめいた手紙を何通も書き、履歴書と成績証明書を提出し、博士課程をおえたら、是非先生の下で修行したい、どうか直接指導してほしいと、熱心に懇願した。表向きではないことになっている学閥とコネの枠を超越するためには、出身校の指導教授もさることながら、鹿又自身の厚意がどうしても必要だったので、休みを潰して会いにゆき、剖検や日常業務を見学し、カバンを持ち、運転をし、書類整理をし、コンピュータの面倒を見、電話番をした。熱意にほだされた家族が、中元歳暮の時期には、欠かさず、懇意の精肉店から厳選させた最高級松阪牛を贈った。かなりの額面になる小切手や商品券をおまけにつけて。小切手などはただ乱暴にデスクに放りだされたり、着馴れた白衣のポケットにつっこまれたりしているのを武田自身が発見し、きちんと整理しなおすばかりだったが、さすがクール便扱いの松阪牛は、捨てられも返されもしなかった。とうとうひとり住まいの老嬢の狭いマンションに招いてもらえるようになった時にも、天下の松阪牛の恩恵がきいた。武田は、数種類のハーブとスパイスを携えていってたくみにステーキを焼き、ついでに換気扇やシンクまわりを徹底的に大掃除して、評価されたのである。

とうとうもらった許可のことばは、アタシも生涯ひとに変人変人っていわれてきたけど、きみもそうとうだね、だった。

かくて彼のノートとアドバイスで幾度も追試を乗り切ったあまたの同級生たちや、大学院や臨床実習で出会ったさまざまな科の先輩医師たち、彼のほうは気さくな友情関係だとしか思っていなかったのだがあとから考えるとどうも勝手に将来は武田医院の末息子の嫁になるつもりだったらしい幼馴染の女性などに「なんだってまたよりによって」「もったいない」「真吾って、勉強はできるけど、ひょっとしたらほんとはバカなんじゃないかって、前々から思ってはいたけれど、それほどのバカだとは思ってなかったわ!」などとあきれられたり罵られたりしながら、無事国家試験をパスし、単身上京し、敬愛する鹿又のたったひとりの直弟子として、輝かしい(はずの)キャリアの第一歩を踏み出したのである。

いまはまだすべて得心や納得がいかなくても、鹿又教授のやることとなすことをともあれかたちだけでもなぞっておけば、やがて自分も立派に一人前になれるはずだ、と武田は思っている。あいにく般若心経もまだ全部は覚えきれていないが。少なくとも、通勤途中にテープを聞くと、実によく眠れる。詠(よ)んだり聞いたりうろ覚えながら口ずさんだりすると速攻でアルファ波が出るようになりつつあるようだ。

さて本日のお客さんは自宅寝室で死亡しているところを発見された男性の独居老人である。事件性は薄いようだったが、死亡原因と、死亡時期を特定する必要があるのだそうだ。

着衣を取り除いて全身状態を見たかぎりでは、栄養状態はさほど悪くない。皮膚表面には、不自然な変色や膨張、索溝(さっこう)、扼痕(やくこん)、浮腫(ふしゅ)、外傷などはいずれも発見できなかった。年齢的にも脳や心臓の発作がもっとも疑わしかったため、まず頭皮が切開され、皮下、側頭筋などに出血がないことが確認された。頭蓋骨骨折の有無を調べて後、頭骨鋸断作業に移った。

硬膜外出血、硬膜下出血、ともになし。脳神経と血管を順序よく切除し、鱈(たら)の精巣そっくりの脳みそを摘出する。死者の脳は黙々と淡々と観察され測定され記録された。鬱血、血栓、軟化など、いずれもないか、きわめて軽微。脳底部血管にも特に異常は見つからない。

検死解剖は胸部に移った。粛々とＹ字型に切開された胸腹腔から、まず、諸臓器の位置を確認しなくてはならない。鹿又教授は読経を中断し、テープレコーダーをオンにして、各種内臓を順番に指差しながら所見を述べた。腔内に血液出潤なし、異液なし。食道に滞留物なし、溺死の可能性なし。肝臓に黄疸なし、やや胃下垂。横行結腸付近に癒着あり、虫垂切除時の痕跡か。

どうやら年のわりにお達者なかただったようだな、と武田は思った。死んでいる以外は見事に健康といってもいいほどだ。

鹿又の記述が続く。

肝臓やや肥大ぎみ。心臓の色よし。周辺の血管も正常。両肺に……

「……ん……」

手袋を嵌めた指が、死者の左肺の底部付近をなぞりながら、ふと止まった。

「先生なにか？」武田は緊張した。

「堅い」鹿又は不機嫌そうに言った。「ほら、ここ。さわってごらん。へんに丸いだろ」

「あ、えーと……はい。そうですね。えーと、これって、結核の嚢腫（のうしゅ）じゃないでしょうか。このかたは、このとおり、ご老……年配のかたですし」

言いよどんだのは、ひょっとすると鹿又よりは若いかもしれなかったからである。

「とりあえず模範解答」鹿又はバットから新しいメスをとりあげた。「でもなんか違うな。いやーな予感がする……いったいどうした、なにものなんだい、え、おまえさん？」

標準の手順とは違っていた。各臓器は傷つけぬよう順序よく摘出して、それぞれ大きさと重さを測定し検査しなければならないのである。気道内異物を発見するためには、肺は、頸部器官、気管、左右肺すべてを連結摘出して、総合的にしかも詳細に検討する必要があった。

だが、これは鹿又のステージだ。

彼女は、遠近両用眼鏡の奥のまばらな眉の間の皮膚に深い縦皺（じわ）を寄せたまま、肺全体を、それから、へんだと言ったあたりを念入りに確かめた。メスを握ったままの指先で無言でつつきまわしていたかと思うと、いきなり、銀色の刃をひるがえし、切り込んだのであった。肉色の房状組織がめくれかえってその内面をさらした。

武田は驚いた。

いきなり、ぽわっ……と、黒い気体がまいあがったからである。狼煙でもあげたか、死者が吐息をもらしたか、マンガの吹き出しを真似した趣味の悪い低予算映画のＳＦＸのようだった。

あっけにとられ、いったい何がどうなっているのか、近くで覗き込もうとした時、

「……さがって！」鹿又が腕を横に伸ばした。「近づくな。すぐ手と、喉を洗いなさい。吸い込んでないね？」

「あ、は、はい……たぶん」

武田はあわてて飛びすさり、勢いあまってよろめいた。隣の検査台のステンレスに、ごん、と腰があたり、痺れるような痛みが走る。思わず急激に息を吸い込

んだとたんに、吸うなと言われたことを思い出し、たちまち鼻や喉がムズムズしてきて、咳き込んでしまう。

シンクの蛇口にしがみつくように取り付いて、ようやく水を流しだしたところへ、ご遺体と臓器に手早くビニールカバーをかぶせた鹿又教授がちょこちょこした足取りでやってきた。おのれと武田の手袋の上から消毒薬のヒビテンをぶっかける。ピンク色の液体を惜しげもなく使い、肘までタワシでこすって洗ったあと、剝き出しの手にもう一度丹念に同じことをする。

「あの、……先生、なんなんですか、あれ？　危険なもんなんですか」

「わからん。が、コクシジオイデスかもしれない」タワシをきつくかけすぎたのか、鹿又は痛そうに顔をしかめた。「その白衣も、他の着衣もみんな、この部屋からは出さないように。あれがかかったかもしれんから、脱いでまとめて、密封して、オートクレーブにかけろ。脱いだらもう一度全身よく洗うんだ。特に、髪」

「はい、えーと、……はい」

その場面を想像してしまって、武田は頰を赤らめた。全身洗うということはすっぱだかになるということだ。ロッカーに着替え一式、入っていたっけ？　誰かに電話して、ひょっとしたら、コンビニとかでTシャツとかパンツとか買ってもらって、せめてそこのドアの向こうまでは持ってきてもらわないと。「あの……えーと、コクシなんとかって、なんなんですか？」

「コクシジオイデス・イミチス。いいからほら、早くうがいしろ、うがいを。コクシは土の中にいる真菌、つまり、カビだよ。分生子を吸い込むと、風邪や結核に似た症状を引き起こす。胸苦しくなったり、咳き込んだりするわけだ。ほとんどはその程度で、本人も気づかぬうちに治ってしまうが、免疫力が低かったり、あまりに大量な摂取だったりすると、播種性といってやがて全身にまわって死に至ることも……待てよ……おい真吾覚えてるか？　あのお客さん、腋や鼠蹊(そけい)のリンパ、腫(は)れていたっけ？」

「いえ」武田はうがいを中断して、きっぱりと首を振った。「えーと、いえ、はい。そんな覚えはありません。リンパ系には、なんら異状は見当たらなかったと思います……確かです。はい」

「だよな……アタシもそう思う……ふたりそろって見落とすわけはない。じゃあ違うか……おい、あのな真吾、本格的ならがいっつーのは、こうやるんだよ。よく見てな」

鹿又は眼鏡をはずすと、武田がどいた蛇口の下に顔をつっこみ、髪にまでざあざあ水を浴びた。それから手で汲んで何度も音高くうがいをし、鼻腔からも勢いよく水を吸い込んで、ふんっ、ふんっ、と手洟をかんだ。げほげほぐわーっ、鼻と喉をひどく鳴らしているのは、どうやら無理にでもタンを吐こうとしているらしい。

びしょぬれで、目が真っ赤で、編込みの白髪がほつれて頬骨や耳にひっかかって、苦しがって悶絶せんばかりなのである。出刃包丁を持たせたらよく似合いそうだった。

あまりの迫力に思わず見とれてしまってから、武田はあわてて我に返り、棚から、きれいなタオルを取ってきた。

「ダンケ」師はニヤッと笑った。「コクシかどうかまではわからんが、カビなのは間違いない。問題は、どのぐらい危険なやつかだ。場合によっては、死んだ人間の住宅を消毒せにゃならんぞ。あのお客さん、一人暮らしだったか？」

「あ……えーと、はい。そうでした。書類に、そうなっていましたね」

「マンションじゃないといいな」

「いえ、えーと、残念ながら、確かマンションだったと思います。そう見えるような記述がありました……はい、ありました」

「くそ」鹿又はタオルをぴしゃりと手にぶつけた。「じゃあ、ダクトからとっくに全館汚染されちまってるじゃないか！　……そこに住んでる連中が、買い物にいったり、満員電車で通勤したりしてるんだぞ。あの爺さんより体力があるやつが、おおぜいいる。カビを食らって咳が出てきても、どーせタチの悪いカゼをひいたんだろうとかとしか思ってないやつらが、東京じゅうを歩きまわったんだ！」

「バイオハザードですか……」

「くそ。ヤバいな……ものすごくヤバい……ええい、ちくしょう、疑心暗鬼であってくれ！」眼鏡をかけなおした鹿又は、鳥肌だった腕をこすりながら、無理やりのようにニッと笑ってみせた。「カビはウィルスと違って、あまり長いこと潜伏しないからな。感染したらふつうは、とたんに症状が出るんだ。だから……ま

あ、練馬(ねりま)の方だっけ？　あのほとけさんの周辺でひとがバタバタ死んでるんなら
マジ大ヤバだが、そういう話なら我々の耳にも聞こえてきてたはずだ。それがな
いってことは、たぶんそれほどにはヤバくないやつなんだろう。くそ。そう祈ろ
う」
「彼が特異体質で、アレルギーを起こしたのかもしれない」
「その通り。ああ、ほんとにそうであって欲しいよ！　……ともかく、正体を知
らないことには話にならん。さっそく培養にだしてみよう」

5

一九九七年六月　群馬県高崎市倉賀野

タクシーを降りようとして、ハンドバッグを持っていないことに気がついた。病院のどこかに置いてきてしまったのだろうか。通帳も印鑑も入っていたのに。なんてことだろう。ぜんぜん思い出せない。

どうせ預金なんてもうほとんどなかったけど。

守口真紀子は動けなかった。呆然(ぼうぜん)とその場に留まっていた。

「お客さん？」

呼ばれて顔をあげると、運転手が振り返っていた。よかった。親切そうなひとだ。

「あの……ごめんなさい、おサイフを忘れました」

開いたままだった自動ドアが閉まった。バタンという音に真紀子は飛び上がりそうになった。涙もこぼれてしまいそうだったが、けんめいに堪える。

「急いで取ってきますから、ちょっとここで待っててもらえませんか」

「って、あんたね」運転手は大きく溜息をついた。「ひょっとして、鍵も持ってないんじゃないの。どうやって部屋に入るの」

「管理人さんに……」

「いるの？」

そうだ。いないかもしれない。いや、いない。田沼は住みこみではない。まだ早朝だった。夜が明けたばかり。新聞配達の自転車が道の向こうを漕いでいく。

「だいたい、おたくがほんとにここのひとなのかどうか俺にはさ」

「警察に連れてってください」

思わず言うと涙が落ちた。運転手は黙った。

「ママが……母が死んで……あたし、もうひとりぼっちで、あたし……どうしよう」

いっそ警察に。真紀子は思った。逮捕されればいい。刑務所にいれてもらえたら、誰かに面倒見てもらえる。

不意にすうっと風が通ったと思ったら、ドアが開いていた。

「……あの……」

「いいよ。いってきな。なんなら、あー、さっきの病院にいきゃ、おたくがどこの誰だかわかるでしょ？」

「守口です。守口真紀子。ここの903号室に住んでいます。母は佑子といいます……いいました。今朝、今朝、亡くなって……」

「わかったわかった。いいから早くお金持ってきてよ」

真紀子が手足をギクシャクさせながら車を出ると、運転手も外に出て、自動車の屋根につかまって、首を曲げたり、腰を叩いたりした。

「悪かったね、ずけずけ言って。けどさ、逆縁(ぎゃくえん)ってんだってあるのよ。親がコドモより早く死ぬのはあたりまえなの。あんただけじゃない。しっかりしな」

「……はい」

「ご愁傷さまだけど」

「ありがとうございます……」

深々とお辞儀をすると、頭の重さに、そのまま前に倒れてしまいそうになった。

真紀子は指で顔を拭いながら、セブンス・マンション倉賀野の玄関ホールに入り、エレベータホールに行き、ボタンを押した。エレベータが開き、中に入る。「9」のボタンを押し、壁にもたれる。エレベータのドアが閉まる。エレベータが持ち上がると、立っていられなくなって、ずるずると床にしゃがみこんだ。

お尻が冷たいな。

病院の床も冷たかった。冷たかったけれど、パイプ椅子は頼りなくて、とても座っていられなかった。冷たい床に直接座って、ほとんど一晩、点滴のボトルが刻々と減っていくのを、ずっと見ていた。ずっと……。

九階に着く。

なかなか起き上がれなかったので、出る前に、ドアが閉まりそうになった。

ひとけのないエレベータホールを横切り、外廊下を歩いて、903号室の前に立つ。

ノブに手をかけてみる。もちろん開かない。

ポケットの中に手をつっこむ。それはあいにくと不思議なポケットではなく、そこには叩けばふたつになるビスケットもなければ、家の鍵もサイフもなんにもなかった。なんにも。

また大粒の涙が落ちた。

ないことなどわかりきっていたはずなのに、探して、必死に探して、やっぱり見つからないと、なんだか裏切られたような気がした。

こんな時こそ……ほんとうにもうなにをどうしていいかわからない絶体絶命の刹那（せつな）にこそ、奇跡が起こるべきなのに。

運転手さん、きっと待ってるな。

隣の宮治（みやじ）さんを起こしてお金を借りよう。そうしなきゃ。朝早くで悪いけど。こんな時だもの。事情を話したら、きっとわかってくれる。許してくれる。

頭ではそう思うのだが、からだは動かなかった。

もう一度ノブに手をかけてみる。ガチャガチャ回す。もちろん開かない。

どうして？

あけてよ！

腹立たしくなって、ドアを打った。何度も、何度も、手が痛くなるぐらい打った。ひどい。こんな仕打ちってない。毎月毎月、高い家賃を払ってきたのに。ローン会社からお金を借りてまで払ってきたのに。なのに、こんな肝心な時に開かないなんてあんまりよ。なんて融通がきかないの。あんたなんて嫌い！

息がきれて、座りこむ。

嫌いだ。こんなとこ。わたしの家じゃない。

わたしの家なら、わたしをいれてくれるはず。おかえり、って、優しく迎えてくれるはず。

頬を涙が伝う。

帰りたい。帰りたいよう。家に。おうちに。……帰りたい……。

だが、病身の夫と共にわずかな期間住んだ家も賃貸だったし、両親と住んだ家は跡形もなくなって、そこにはいまごろ誰かさんの素敵な新居が建っているのだ。

たとえ、隣の宮治さんに迷惑をかけてタクシーのお金を借りることができたとしても、鍵はあけてもらえない。管理人の田沼さんが出勤して来るまで、待っていなければならない。どこで？　なにをして？　冷たい床に座って？　田沼さんが来るのは、永遠のように遠い先のことに思えた。

そうして、永遠のように遠く遥かな未来、田沼さんに鍵をあけてもらって中に入ったからって、じゃあ、それから？　それでいったいどうなるの？

病院の支払いとか、入院のさいに持ち込んだ荷物を持って帰るとか。お葬式とか。イヤなこと、たいへんなこと、やりたくないことばかりある。そういうことにこれから次々に直面するだけ。どうしてそんなことしなきゃならないんだろう？

どんなにいい子でがんばったって誰も誉めてくれない。ママは、もう帰ってこない。

ひとりぼっちだ。

どんなにつらいことでも、それでもがんばって、みんなみんなちゃんと成し遂げたとして、それから、どうするんだろう。何がある？　誰がいる？　なんにもない。誰もいない。永遠よりずっと先まで、ひとりぼっち。待っても待っても、楽しいことなんてひとつもない。

ほんとに？

真紀子の心の底にもうひとつの家族の顔がぼんやり浮かんだ。あくまで、ぼんやり。

関谷の両親とは親しくはなかった。関西生まれの姑の言葉は、たぶん悪意ではないのだろうがあまりに強く、ひとことひとことがまるで頭ごなしに叱られているかのようで、萎縮せずにいられなかった。夫の妹はいまどきの若い女の子そのもので、派手で見栄坊で自信たっぷりで、とても、打ちとけていろんなことを相談できるような相手ではなかった。義父もいたがほとんど何も知らない。こんにちは、おやすみなさい、以外、ろくに話をしたこともない。

いずれにせよ、あの家とはもう縁が切れてしまっているのだ。そもそもほとんどないような縁は、お腹のこどもが流れた時にぷつんと切れた。

彼らと共有したのは悲痛な時間ばかりで、お互い、顔を見れば、思い出したくないことばかり思い出してしまうに決まっている。だから、真紀子のほうから遠ざかり、彼らもあえて追いかけてきはしなかったのだった。

もし孫ができていたら、あのひとたちは、わたしを受け入れてくれただろうか。一生、娘として、孫の母親として、面倒を見、かわいがってくれただろうか。

真紀子にはわからなかった。

どんなにあれこれ考えてみたところで所詮タラレバの話である。こどもなんかいない。いないのだ。生まれてもこないうちに死んだ。

この時になって初めて、そのことが、ほんとうに悲しくなった。

流産した直後は、「ああ、やっぱり」と、なるべきことが起こったと、いやそれどころかむしろ、重荷を負わされずに済んでよかったとさえ思ってしまったのだった。

また、ひとしきり涙がこぼれた。

痛恨の、悔悟の、自責の涙が。

もし、自分が、もっと愛して、祈って、心の底から、なんとか生きて欲しいと願っていたなら、あの子は生まれてくることができたのではないか。

わたしがこんなふうで、わがままでバカで頼りないから、神さまも見放したんだ。父親もいないのに母親までダメじゃあ、生まれてくる子がかわいそうすぎるから。

なんてかわいそうな、なんてみじめな、わたしの赤ちゃん。生まれもしないうちに、いらないものみたいに思われて。あんまりだったね。だから、あんたも、悪霊になった？

いまからやり直せたらいいのにね。なにもかもはじめから。関谷のおとうさんおかあさんは、きっと孫ならかわいがってくれる。いいや、そもそものはじめからやり直すのなら、いっそ、やっぱり彼ではない誰かと。癌でなんか死なない誰かと。

……考えてはいけないことを考え始めたのがわかって、真紀子は首を振った。

ごめんね赤ちゃん。わたしってほんとひどいやつだね。こんな、ダメなおかあさん、きみだっていらないよね。こんなどうしようもないやつじゃ、イヤだよね。こんないらないわたしこそ、きみのかわりに、死んじゃえばよかったのにね。

……死ぬ。

その考えは、いま降ってわいたのではなく、ずっと前から心の底のほうにあった。

死んでしまえばなんてらくちんだろう。もう、少しも待たなくていいのだ。永遠のように遥かな時を、いったい何をすればいいのか、自分ごときに何ができるのか、苦しみながらもがきながら、手探りで進んでいったりしなくていいのだ。苦しみと後悔ばかりのこの世にひとり、放り出されなくていいのだ。

真紀子は、最後の最後のつもりでもう一度だけポケットの中をまさぐってみた。着古したヨットパーカーのポケットの中に入った指は、縫い目からほつれて伸びた小さな糸の塊に触れた。

もし、そこに、鍵がなくても、サイフがなくても、たった一枚、いや、ひとかけらのビスケットがあったなら。なにも魔法のビスケットなんかじゃなくていい、ごくふつうのそこらで売ってるビスケットがあったなら。生きていける。

だから神さま、今だよ。奇跡を起こしてくれるなら。今だよ。

あのビスケットの歌のことを考える時いつもそうするように、真紀子は、森永のマリービスケットを思い描いていた。ふんわり甘く、シンプルな、バター味のビスケットのことを。母は時々、それを牛乳にひたして、溶かしたチョコレートでコーティングして、冷蔵庫で冷やして、美味しいケーキを作ってくれた。斜めに切ると、ビスケットとチョコレートが断層になって、それはそれはきれいだった。

口の中に幻の味がした。

甘くて優しいビスケットの味。幸福な家の幸福なことも時代の味。

もちろん、何度しつこく探りなおしても、真紀子のポケットには、ビスケットのかけらなど、ひとつも入っていないのだった。

やっぱりね。真紀子は笑う。そりゃ、そうだよね。

頼んだらママ、また、あれ、作ってくれる？　天国でも、森永、売ってる？

そう言えば空腹なのだった。空虚なほど、空腹だった。

ゆっくり立ち上がり、外廊下の手すりに手をかけると、貧血なのか、空腹のせいなのか、めまいがした。真紀子は目をつぶって、めまいがおさまるのを待った。

それから、ちょっと背伸びをして顔を出し、目を開けてみた。

うっすら明けゆく空の下、あいかわらずの風景が、ひとの作った町が、どこまでもどこまでもどこまでも続いている。負け犬たちの屍骸の上に、元気で活発で遠慮知らずな勝負師たちが精力的に築いてきたあれやこれやが。埃にまみれ、風雨に古び、あるいは工事用の大型機械や鉄骨を晒(さら)しながら。

ビルも電線も植えてある木も、みんな誰かのものだった。真紀子ではない、誰かのものだった。家族がいて、幸福で、現実に好きなだけ甘いお菓子を食べることのできる誰かのものだった。

ゆっくり順番に眺めていくうちに、目覚めてゆく町の片隅、電柱の横、道路にとまったタクシーに気づいた。よりかかって腕組みをしているあの親切な運転手さんが見えた。なんだかこっちを見てるような気もするが、そうでもないかもしれない。

どうも申し訳ありませんでした。

目礼をすると、こんな遠くでもそれが見えたのだろうか、運転手がハッとしたように腕組みを解いた。走り出した。何か叫んでいる。どこかで窓が開く音がする。すぐ後ろのほうでも、どこかのドアが開いたかもしれない。なにしてる、と鋭い声。

真紀子はあわてて腕に力をこめた。手すりは半端に高く、枠にスチール板を溶接してあるだけなので、へんに厚みがなく、よじ登る足場もない。真紀子は一度も懸垂ができたことがない。誰かがまた何か叫んでいる。耳がわんわんいって、わからない。誰かが真紀子の服の背中を、それから足をつかんだ。他人からそんなふうに遠慮なくさわられるのはイヤだった。

必死にもがき、蹴りつけてもぎはなすと、靴が脱げた。偶然誰かの肩かなにかを踏んだおかげで、からだが浮き、手すりの上縁に足がかかった。無意識のうちにその片足に体重をかけると下が見えた。景色は遠く、空は広く、自分のいる位置は途方もなく高く、全身が水を浴びせられたようにゾッとした。からだじゅうから力が抜ける。怖い。イヤだ。やっぱりよそう。振り向いて、誰だかわからない、さっき足をつかんで止めようとしてくれたひとを見ようとした。そちらに手を伸ばして、ひっぱり戻してもらおうとした。その時体重が外側にずれた。どこかをひっかいてしまった指先で爪が割れた。痛みのあまり、真紀子はその手を口に持っていった。

宮治さんのご隠居が、外廊下の床に仰向（あおむ）けに腰を抜かし、入れ歯のはまっていない口をぱくぱくさせている顔がすぐにぶれて消えた。助けてぇ、と、声をかぎりに叫びながら、両手や頭や足を各階の外廊下の手すりにごつんごつんと何度もぶつけながら、真紀子は墜ちた。

一九九七年七月　東京都駒込法医学センター

間口も奥行きも狭い、倉庫のような部屋。灰色のブラインドの閉まった小さな窓以外の壁は、どこもかしこも、スチールのロッカーや本棚で埋め尽くされている。

山ほど積み上げられた本や冊子に昆虫の脚めいたスタンド部を半ば以上埋めた卓上蛍光灯が、いくつも重ねて広げられた書類を照らしている。

かかってきた電話をコールふたつめの途中で取ると、鹿又綾子は大判のメモ用紙を引き寄せながら、感情をにじませぬ声で言った。

「法医学センター鹿又。手短にお願いします」

相手が早速用件に入ってくれたようだ。雑多なモノの隙間から探りだしたペンが、躊躇（ちゅうちょ）なく動き出す。

カモ川

国・シンカクビ研

アリサカ

確かに聞いていることを示すだけのあいまいな返事をしながら大急ぎにメモパッドに記す文字は、鹿又自身にももう読めないかもしれない。それでかまわない。武田真吾ならなんとかかんとか読み取るのだから。

だが、aspという筆記体の略語は説明する必要があるだろう。

「アスペルギローマ？　待って、すみませんが、スペル言ってもらえる？」

Aspergillusと、一文字一文字ゆっくりと書き足し、楕円（だえん）で囲む。400、500、と数値も並ぶ。酒、という文字も。

うん、うん、わかります、などと時折言いながら、fravus, fumigatus, niger, と文字を増やす。熱心に書いているうちに、編みこみからほつれた前髪が垂れてきた。半端にペンを握ったままの手で無理に掻きあげたので、頬にインクがついた。

軽くノックの音がして、コンビニの袋を持った武田真吾がにこやかな顔つきで入って来る。何か言いかけたが、師が電話中なのを知るとたちまち真面目な表情になる。足音をひそめ、気配も殺して、そっと向かいのデスクにつく。

師の机とは対比的に、よく片付いたデスクだ。コンピュータとキーボードが出ているぐらいで、空白がたっぷりある。そこで、武田は袋を開き、何種類かの調理パンと、ホット・コーヒーのスチロール容器を取り出した。無言のまま、傍らにたてかけてあったテディベア模様のトレイを出し、ウェットティッシュできれいに拭うと、パンをいくつかとコーヒーをひとつ載せ、窓際の狭い空隙を縫って鹿又に近づく。

その間に、鹿又の手元では、niger の後ろに大きな×がつき、fumigatus の横に、コレかも、と文字が続き、コレかもに二重下線が引かれている。

トレイの置きどころに困って、武田は立ち尽くす。鹿又はそれをチラと横目で窺(うかが)うと、ペンを持ったままの片手を拝(おが)むかたちにあげ、次に、どうしようもないでしょ、というように、肩をすくめる。

あとで。そっちで。ハンドシグナルを送る。

武田がうなずいて戻りかけた時、「九十五？」鹿又が言った。彼女にしてはすっとんきょうな声であった。「てことは……うわっ、ほんとですか？」

武田は思わず足を止め、鹿又の手元を覗き込んだ。鹿又は邪魔せず、むしろ、見やすいように押しやってくれた。

メモはロゼッタ・ストーン的に意味不明だったが、最初のほうの、「カモ川」を理解すると、あとは想像がついた。千葉の鴨川(かもがわ)にある国立真核微生物研究所に、死者から取り出した謎のカビの検体を発送したのは、他ならぬ武田自身だったのだから。

ようやく結果を知らせて来てくれたのだろう。どうやら、あれは、コクシジオイデスではなく、アスペルギルスという種類の何かであったらしい。

斜めに視線を走らせて、武田は目を見張った。

コレかも二重線、のあとの、95％ステ、は、読み違いようがなかったからである。

医者や看護婦が「ステッた」と言ったら、死んだということだ。語源はドイツ語のSterben（死）。

もし罹患者の九十五パーセントがステるなら、それは、未曾有の大惨事だ。軍隊は五割戦闘不能をもって全滅という。五割死亡ではない。

万人をくまなく確実に殺す病原は滅多に存在しない。どんな恐ろしいものにも、なぜか「それに強い」あるいは「かからない」体質を持つものが、ふつうはあるものなのである。人類はじめ多くのいわゆる「高等」生物が有性生殖を繰り返しＤＮＡの均質化を避けるのはこのゆえだ。

一三四八年のペスト大流行すら、死者は人口の四分の一から三分の一にすぎなかった。感染率は、腺ペスト（ネズミからヒト）で五十から七十、肺ペスト（ヒトからヒト）でほぼ百だったと言われている。それでも、感染しながら発病しなかったり、発病しても生き残ったりしたひとが過半数だったのだ。

カビは「伝染」はしないが、高濃度で発生したならその現場周辺に立ち寄った全員が影響を受ける。現代日本人は中世ヨーロッパのひとびととは比較にならぬほど頻繁に旅行や移動をするし、人口の大半は都市部に集中している。その上死亡率がこれほど高いのでは。

絶滅の危機だ……！

からだが震えだしたので、武田はトレイを自分の机に置きにいった。すぐに鹿又のそばに戻る。話は聞けないまでも、メモを横から覗くことはできる。

「うん……はい。……なるほど。で、それぞれの機序とか特徴は？」

最初のメモ用紙にはもうほとんど余白がなかった。鹿又は素早く破り取って、次のページを出した。あまりに筆圧が強かったので、上のページの文字のところどころがくぼみになって残っている。

そこに鹿又は、分生子、フィアライド、メッラ、チョウノウ、と、例によって読みにくい文字を書き込んでいった。チョウノウは、すぐに横線で消されて、頂のう、ノーボン、と走り書きで書き直され、ノーが丸で囲まれた。武田はうなずいた。嚢盆の「嚢」という文字だ。チョウノウは、頂嚢、と書くのだろう。

次に、図らしきものが描かれ始めた。

まっすぐ伸びる二重線の途中から枝分かれした先が丸くなって終わる。その先に、広げた扇を乗せる。その先に、扇の骨ひとつひとつから伸びるようなかっこうに、小さな粒のような丸をいくつも重ねていく。先に書いたフィアライドという文字とこの粒丸が、線で結ばれた。

「グラヌローマって？　ああ肉芽腫ね。はい。……で、コロニーは？　できる。色は？　黒いのある？」

くろ、あか、キ、青、ミドリ、ダイダイ。フィアライドの横に、色の名前が、漢字もカタカナもひらがなもごちゃ混ぜの不統一きわまりない表記で並んだ。とっさに書きやすいもの、速く書けるものを選択したのだろう。

「なんでもありか」鹿又は力なく笑った。「……いや、それはいいんですけどつまり……は？　ヨーケー？　あ、養鶏、ニワトリね。なんで？」

鹿又は急に黙り込み、前かがみになっていた姿勢を、やや起こした。それからは、持ったままのペンでメモをぽんぽん叩きながら、じっと耳をすました。時々、うなずいたり、うん、と言ったり、けど、と言ったりする。やがて、なるほど、と改めて深々と溜息をつき、やや身を起こし、ありがとう、とても助かりました、と、実際にもお辞儀をしながら言って、電話を切った。

切ったままの姿勢でそのまましばらくじっと放心している。

「……先生？」

武田が言うと、ああ、とやっと顔をあげ、もぎとるように手を離した。椅子を鳴らして背もたれに体重をかけ、両手を肘掛の外側にたらしたぐったりと脱力した姿勢で、またまた息を吐く。

「……真吾」

「はい」

「そこの本取って……その、そっちのやつの、上から三段目の、確か右のほう……ああ、そうじゃなくて。それ。それ。そのぶあつくて、表紙の破れかけてるの。それ」

『獣医ハンドブック』だ。ずしりと重い。

「アスペルギルス、引いてみて」

武田はそうした。

鹿又は眼鏡をはずし、眉間を揉みはじめた。

アスペルギルスそのものはなかったが、アスペルギルス症、が見つかった。

「ふたつありますね。えーと……はい、ページ番号の浅いほうは、第三編・伝染病、のうち、項目の五番目『家禽』の二十番目です」

「読んで」

武田はゆっくりと読み上げた。鹿又は天井をながめながら聞いている。

ようするに、そこらのどこにでもあるカビの一種アスペルギルスが、養鶏場などの餌や敷き藁(わら)が不衛生だと増殖して悪さをするものであるらしい。たとえば空中に飛び散った胞子がヒナ鳥の気道を通して肺、気嚢などで増え、呼吸困難を引き起こす。鬱血、結節、粘液質の浸出物の貯留などが起こり、二十四時間から七十二時間で死亡する。やられるのはおもにヒナだが、たまには成鳥もかかる、と書いてあった。

「『予防』。『発症したものを治療により回復させることは不可能なので、対策はすべて飼養管理衛生の徹底にかかっている』……」

「不可能！」鹿又が笑った。「ちぇっ、言ってくれるじゃない。とりつくしまもない」

残り少しを終わりまで朗読してから、武田は顔をあげた。

「この項目は以上です。もう一箇所を探しますので、少し待ってください」

『病理』の『主要疾病の病理変化』は、さっきの半分ほどの量しかなかった。

「『肺では、び漫性ないし結節性病巣を形成し、結節性のものでは中心に乾酪化壊死巣を形成し、そこに多数の三から四μm幅の逆Y字型分岐を示す菌糸の塊をいれる』」

「ビンゴ」鹿又が嬉しくもなさそうに言い、ゆっくりとからだを起こし、椅子を鳴らして立ち上がった。「あの時、ぷわっと舞い上がった黒いのが、そいつだ。その菌糸の先っちょのフィアライドちゃんだったってわけだ」

「でも、先生」武田は言った。「あのですね……えーと、はい、これにかかるのは、ほとんどがヒナだと書いてありますよね？　人間への配慮については、一切記述がないです。ということはですね、えーと……いえ、ですから、はい、たいがいの場合は、人体には影響がないということなのでは？」

「有坂博士によると、アスペルギルスには何百ってぇ種類があるんだそうだ」鹿又は武田の椅子に座り、コーヒーを啜った。「おお……生き返る。なんでも、醬油を作ってんのも、日本酒の麴も、一種のアスペルギルスなんだってさ。どっちかがアスペルギルス・オリザエというそうだ」

「醬油ですか」武田は顔をしかめた。「……あの、はい……鴨川は千葉県ですが、千葉は醬油の名産地ですよね。全国有数の大メーカーがいろいろあります」

「その通り。ついでに、カビ関係の疾患の特異的発生地域でもあるんだそうだ。スポロトリコーシス症という昔よく皮膚結核にまちがわれたやつも、八千代だの習志野だのに多かった。これは、カビが体表面の傷口から入ってリンパを潰瘍状態にしてくんだが、西日本以外では、千葉の台地方面にやたら集中したんだ。ようするに、緯度のわりには妙に温暖で湿ってて、カビの類が好む土地柄なんだな」

「だから、シンビ研は千葉にあるんですね」

「そうだろうな。で、その、何百とあるアスペルギルスのうち、呼吸器系に特にヤバイのがさっきの三種類、えーと、フラバスと、あとなんだっけ……あ、メモそっちだ」

「フミガッスと、ニガーです」

「それだ。鳥も哺乳類も関係ない。鳥には気嚢という人体にはない器官がありはするが、ようは、こいつにとって生物の呼吸器系内部が……あったかくて湿ってるから……とても居心地がいいわけだ。高濃度の胞子で汚染された空気を吸ってると、やがて気管や肺がカビだらけの糞詰まりになって一巻の終わりだ。ちなみに、ニガーは見た目が黒いからじゃなくて、アフリカのニジェールで最初に発見されたからだと。そいつだけは日本にはない。いまんとこはな。まぁ、どーせアフリカからもばんばん食料輸入してるんだし、ひとも出入りしてんだから、わかったもんじゃないが。少なくとも統計上はない。そしてさっきの、フラバスと……あー」

「フミガッス？」

「は、よく同居しているんだとさ。コーヒー、飲まんのか？」

「し、死亡率九十五パーセントのものが？　に、日本にいるんですかァ？」

「ああ。そこらに常在してるそーだ。ちなみにニガーはきっちり百パーだってんだからマシなほうだ。慰めになるだろ。家禽での話だが。おい、飲まんのならもらうぞ」

「え？　はい、どうぞ……って、え、なんですって？」

「いいから落ち着け。そら。飲め。声が裏返ってるじゃないか」

にやにやしながらやや腰を浮かして、スチロールカップを手渡してくれた。鹿又自身はパンの包装をむいて食べはじめている。こんな話をしていてもまったく食欲が落ちないらしい。武田はそっと息をついて、コーヒーを啜った。

まずい。

だが、少なくとも、渇きは癒えた。知らぬうちに、喉がからからになっていた。

「あの……先生……よろしいでしょうか。……その……希望的観測なんですが」

「言ってみろ」

「ですから……はい。あの男性は、なんらかの原因で、免疫系にもともと重大な欠損を抱えていたのだとは考えられないでしょうか。鳥でいうとヒナしか滅多にかからないような、本来感染力のとても弱い常在菌にも日和見感染してしまうほどに。といいますのは……えーと、はい、死亡率と感染率は、実は違うわけですから」

「免疫力が弱まるなんらかの原因ってなんだ」

「えーと……ですから……はい。あの年齢だとすると先天性ってことは考えにくいですから、あー、制癌剤、ステロイド剤、広範囲抗菌抗生物質などの長期使用、後天的免疫不全症候群つまりＡＩＤＳ……」言葉尻が消えた。「違いましたね。すみません。あのかたにはどれも該当しない。では……濃度でしょうか？」

「続けろ」

「つまり、アスペルギルスの胞子が異常に高濃度になった場所があって、あのかたがたまたまそこに行った可能性です。たとえば……はい、養鶏場見学とか？」

「なら被害にあうのは彼ひとりじゃないはずだな」

「そうですね……誰か、よそで、同じような症状で苦しんでおられるかも……誰にあったとか、どこ行ったとか、あのかたの生前の行動を調べられないでしょうか」

「犯罪がらみじゃないからな、警察は動かないだろう」

「興信所に頼むとか」

「できればいい。だが、誰がカネを出す？」

「……えーと……」

「有坂先生が言うにはな」食べ終わった指をなめながら、鹿又は言った。「シャーレ三十二個を使って培養したうちの九つから、フラバス、フミなんとか、ニガーのどれとも完全には一致しない真菌が出たんだそうだ」

「う。し、新種ですか！」

「わからん。国際的にも協力をあおいで、確認を急いでる。まだわかんないよ、わかんないけどな。これまでまだ見つかってなかったそのアスペルギルスはな、生き物の呼吸器系が大好きで、ふつうの免疫力ぐらいじゃあ撃退できないのかもしれん。つまり、従来知られてた同属に比べて、ずっと微量の胞子でもばっちり定着するわけだ。好みの環境ではまさかの爆発力で増殖する。カビの胞子なんて目に見えないからな、ほんのちょびっとくっつけたり吸い込んだりしても、誰も気づかん。知らんうちに全身カビだらけになって、動けるうちは行く先々にいちいち胞子をばらまいて歩く」

「……せ、せんせ……」

「泣くな」鹿又は新しいパンの袋をあけた。「アタシゃ前々から思ってたよ。こう清潔信仰の世の中になっちまって、なんでも神経質に消毒しまくってりゃ、いまに抗生物質耐性の結核菌だの、空気感染するＭＲＳＡだのが生まれてくるぞ、ってな。個人の免疫系そのものが甘やかされたのがまずかったな。まさかカビで来るたぁ思わなかったが……感染率が高くて死亡率が百パーじゃ、人類は近々滅亡だなぁ」

「……そ、そ、そんなこと、暢気に物食べながら言わないでくださいよぉ！」

「あわてたってしょうがない」

「だ、だって、だって早くなんとかしないと。……あっ、でも、治療は不可能なんだった！　うわぁ……ひどい。そんな恐ろしいものがなんでいきなり出てくるんです？　あんまりです。いったいいままでどこに隠れてたんです？　突然変異？」

「かもな。人工衛星にくっついて宇宙を飛んでたカビが放射線かなんか浴びて突然変異して、古くなってゴミになった衛星と一緒に大気圏に落ちてきたのかもしんないし。南極とか、アマゾン奥地の洞窟とかから、酔狂な探検隊さまがわざわざ持ち帰って、豊かな環境でじっくり培養してくれたのかもしれない」

「……あああ」武田は目を覆った。「なんて恐ろしい世の中なんだ！」

「まったくだ。……ちなみにきっぱり新種だったら、アタシに名前つけさしてくれるって。献名してくれてもいいってんだけどさぁ、嬉しいんだかなんだか。そりゃ科学者の夢じゃあるが、凶悪カビが今後ずっとカマティアッスとかアヤコエンシスとか呼ばれて、そいつが人類を大半滅ぼしでもしてみぃ、アタシゃみんなの目の仇だよ。……ちょっと真吾、落ち込んでないで聞いて。フルミネンセってのはどうだい?」

「fulminuense ですか……ラテン語はとんと不勉強で。……でも、えっと、はい、独語の fulminant が『閃く、鳴りとどろく、激しい』でしたよね確か」

「それそれ。……ダーッと増えて、バーッと散らばるこいつにぴったしバッチリだろ? アヤコエンシスよりか断然カッコよくない?」

「…………」

「そだ。さっきの話の続き。治療法だがな、なくもないかもしれないぞ」

「え? ほ、ほんとですか!」

「ああ。家禽系はダメなんだと、家禽系は。そらそーだ、経済動物は、牛でも豚でも鶏でもそうだが、何百何千何万頭っていっぺんに扱うだろ。一匹二匹、いや、小屋のひとつ分やふたつ分にしたってだ、ちょっと具合が悪くなった動物にいちいち慈悲をたれてたんじゃあ経営なりたたない。病気が出たら、治療よりなにより、さっさと病体を焼却処分し、施設を徹底的に消毒滅菌するほうを選ぶ」

「なるほど……とすると、治療を試みる場合っていうのは……」

「さぁ考えてみろ。従来のアスペルギルスは鳥に多いんだぞ。たった一匹の鳥をなんとか救おうと必死になるのは、誰だ？」

武田は、まだ手にもっていたコーヒーの最後のひと口を啜りながら考えた。

「ペットの飼い主でしょうか？」

「そりゃ大半素人だ。もうちょっと専門的で科学的なのって言ったら？」

「獣医さん？」鹿又の表情を見て、もう一度考える。「あ。そうか。わかりました。はい。トキでしょ。イヌワシですよね！」

「そう。いまアタシらが欲しい情報を持ってるのは、野生動物の保護だのリハビリだのを熱心にやってきた研究者または研究所だ。特に鳥関係。彼らなら間違いなく、アスペルギルスと長年闘ってきている。新種じゃないほうだろうけどな」

「……すぐ調べます！」

「そうそう。その調子だ。はりきろうぜ。なぁ真吾」鹿又は着ている白衣で眼鏡を拭きながら、にやりとした。「アスペルギルスだか悪魔アスモデウスだか知らないが、怖がったってしょうがない。アタシらにめっかったのが運のつきだ。いっちょ思い知らせてやろう。手ごわきゃ手ごわい相手ほど、え、腕が鳴るってもんじゃないか！」

一九九七年八月　北海道小樽(おたる)

繁茂(はんも)した緑を貫く陽光が、風に吹かれて、ちらちらと形を変える。日差しに灼(や)けた庭に落ちた影はみな濡れたように黒く、大気は絞(しぼ)れば水が取れそうに湿っている。蝉(せみ)たちの声も、あまりの暑さに団体で抗議をしているかのようだ。

小中博臣(ひろただ)は縁側の縁に腰をおろしている。靴脱ぎの上には雪駄(せった)もあったが、たっぷりとあたたまった石に裸足の足裏をあてている。じんわりとして気持ちがいい。ふだん、靴と靴下にしめつけられ、蒸れてむくんで水虫の温床になっている足指も、すこぶる喜んでいるような気がする。

　こうして裸足でこの石を踏んで、この庭をぼんやり眺めていると、いつものことだが、ああ夏だなぁ、と思う。

今年も帰ってこれたなぁ、とも。

その気分が味わいたいばかりに、去年も、その前の年も、お盆というと、ここで一度はこうしてのんびり庭を眺めることにしたのだった。手狭ながら丹念に整えられた庭には、夏水仙やグラジオラス、百合(ゆり)に薔薇(ばら)にてっせん、その他、小中には見分けのつかない小さな山野草などが満艦飾(まんかんしょく)を誇っている。父が死に、十三回忌が過ぎて少し。花は一人住まいの母の連れ合いであり、他にこれといって趣味を持たない母の、唯一の楽しみであった。といっても別に高価なものや珍しいものがあるわけではない。ただ、長い時間をかけて、気にいったものばかり、少しずつ集めたのだった。

来たと思うともう帰り支度をはじめる北国の短い夏を、花たちはみな、せっぱつまったような激しさで咲き誇っている。

母がひときわ張り切るのも花たちと同じこの時期、つまり、旧盆の一週間だ。港町の山沿いの小さな古いこの家に、新潟暮らしの弟夫妻や旭川(あさひかわ)勤務の自分たちがみな一堂に揃(そろ)うのは、年に何度もあることではない。いや、突発的な法事や祝い事を除いては、ほぼこの時だけだと言ってもよかった。実際のところ、つねに実験を抱えた博匡や新聞記者である弟の博行にとっては、世間さまが連休を取れるからといっていつも必ず休めるとは限らなかったが、お盆だけは、未亡人で一人暮らしの母が心待ちに待っているものですからと、周囲に甘えて、例年無理を通させてもらっている。

来るのなら、暮れのせわしなく寒さの厳しい頃ではなく、花々を楽しめる八月のほうがよかった。年ごとに背中の丸くなる母を置きざりにして日常に帰っていくには、まだしも明るく暖かく、万物に生命力の満ちた真夏がよかった。気分が楽だった。

そう。夏のほうが。

夏はいい。

博匡は両手を縁側について、うーんと伸びをした。磨きこまれて磨り減って飴色になった板の間のほんのりあたたかな感触を、なんと幸福だろうと思った。

家族がみんな一緒にいて、誰も病まず、困窮も対立もしていない。

そう言えば去年は博行がなんら予告なく雪乃を連れて来て、オレ、こいつと結婚するんで以後ヨロシク！　と、にこやかに宣告し、母の心臓をとめかけたのだった。雪乃の腹は、明らかに大きかった。髪は金色に近かった。おまけに、ふたりは、ピンクと水色の色違いのアロハを着て、カンカン帽と黒眼鏡はお揃いだった。

博行ったら何さ、でれでれ、ちゃらっちゃらして！　けたたましいったらありゃしない。あたしのことなんだと思ってるんだか。よりによって、あんな若い、派手っぽいひと。第一、できちゃった婚だなんて冗談じゃない、イヤですよ、みっともない、ああ、なに勘違いしているんだかあの子は、まったくもう芸能人じゃあるまいし。

さかんに泣いたり怒ったり愚痴ったりする母に、博匡はただ知らん顔で新聞を読んでいるふりで黙り込むばかりだったが、妻の千佳は辛抱強く対応してくれた。

そんなこと言わないで、おかあさん。雪乃ちゃんって、明るくって陰日なたのない、すっごくいいひとですよ。見かけよりよっぽどしっかりしてるみたいだし。あんなにラブラブで、羨ましいな。赤ちゃんも……ねぇ、おかあさんにとっても、もしかしたらこのまま一生できないかもしれないお嫁さんより、ちゃんとできるってはっきりわかってるひとのほうが、いいじゃありませんか。

そんな。千佳さん。母はあわてて顔色を変え、妻の手を取った。いやですよ、わたし、あんたのこと、そんなふうに思ったことなんか、一度も。

ありがとうございます。……ねぇ、おかあさん、博行さんって、やさしいですよね。お母さんにショックあたえるのわかってて、怖くて、だから、わざとあんなめだつカッコウをして来て、バカだねぇって笑ってほしかったんじゃないかな。それって、お母さんがどう思おうと知ったこっちゃないって言うのの反対でしょう? ちゃんと認めて、彼女とも仲良くしてほしいんですよ。あんなだったら、赤ちゃんにとっても、きっと、すごくいいパパになるな。

千佳さんったら……。

女ふたりのメロドラマ的会話に辟易した博匡は風呂を理由に退出した。

その夜、蚊帳の懐かしい匂いに包まれて、並んだ布団に寝む時、さっきはすまなかったなと言うと、千佳は笑って、本気にしちゃダメよあなた、と言った。おかあさん、雪乃さんのこと、けっこう気にいってるのよ。赤ちゃんできるのも、すごく嬉しくって、わくわくしてる。でも、それを素直にあらわすと、あたしがかわいそうすぎるから、だから、わざとあんなふうにおっしゃるの。ぜったいそうなの。

博匡は起き上がって、妻を見下ろした。

化粧を落としてつるりと白くゆで卵のようになった顔をまっすぐ天井に向けた千佳は、見ないで、と、うめくように言って、顔を覆った。指の間で、涙の筋が光った。

今年、博行たちは赤ん坊の咲良（さくら）を連れてきている。そのネーミングをまた、気取りすぎだよ、そんな凝（こ）った名前でもし不細工な娘に育ったらどうすんの、と、ずけずけけなす母に、ほんとですよ、あたしだってイヤなの、けど、ヒロが占いのセンセーに聞いてきちゃったんですもん、そんなカネがあったらあたしに小遣いもっとくれればいいのに、あっそうそう実はねこの際聞いてくださいよおかあさん、あたしが顔わざと黒くしてんのは雪乃ってダサイ名前がちょーイヤだからなのよ。ねー、この気持ち、おかあさんならわかるよね？　と、まったく屈託がない。

幸福だ。家族がみんな一緒にいて、誰も病まず、困窮も対立もしていない。だが、願わくば、うちにも……千佳にも……母になる歓びと苦労をあたえてやりたかった。

それさえかなうなら、博匡にはもう、特別望みというほどのことはないのだった。

「……あなた、お昼よ」

スリッパを鳴らして呼びに来た千佳は、いきなり立ち止まり、プーッと吹きだした。

「なんだよ」

「だって……その格好」

博匡は、自分を見下ろした。ベージュ色の短パン。白い楊柳の袖なし下着。

「へんか？　これか？　甚平でもなんか暑くてさ。見たら、親父のがあったから」

「んもう、おとうさまのだったの？　どうりで。懐かしすぎ！　昭和ヒトケタのおとっつぁんって感じ」

夫の分厚い背中を、洗濯はされているがかすかに古臭いシャツごと、ぴしゃんとひとつ勢いよく叩くと、千佳はそのまま博匡の肩甲骨の間に顔をくっつけた。

「わ。やだ。親父くさーい」

そういうわりには、なんだか妙に嬉しそうに、腕に腕をからめ、肩にほおずりをして、ひっぱっていくのである。

「なんだよ、おまえ、へんなやつ。フケ専か」

「だってさ」千佳はくしゃっと顔をしかめた。「あなたがこんなにうちのパパに似てるなんて知らなかったな。真美子もリョも、……ほら、お式に来てくれたでしょ？　最近ちっとも連絡くれないの。みんな独身で三十路を迎える約束だったのに裏切ったって、そうでなくても不機嫌だったのに、披露宴で博士号を持ったハンサムさんを見て、決定的に頭にきちゃったのね。けど、うちではこんなだって知ったら、ああ、あんたも騙されたのねって、同情してきっとまた優しくしてくれるわね」

どうして女ってやつはいちいち友達がどう評価するかを考えるのだろう？　博匡はわずかに不快に思ったが、黙っていた。

ふたり揃って茶の間に戻ると、新しく大型に買い替えた卓袱台の上に、ガラスの器に入った大量の素麺とスイカ、そして、ウナギの蒲焼が並んでいる。先に席についていた弟の博行は、横目でテレビのニュースを見ながら、もう素麺をすすりはじめていて、お先、と箸をあげて挨拶する。気楽なものだ、と博匡は思う。

母は、雪乃の腕から、赤ん坊の咲良を受け取るところだ。

「ちょっと雪乃ちゃん、素麺なんておいといて、ウナギ食べなさいウナギ。栄養とらないといいお乳が出ないんだから」

「はーい」雪乃はさっそくウナギを口にし、うまー、と目を糸にして笑っている。

千佳はチラッと博匡を見やると、なにも言わずに微笑んで、静かに座布団に腰をおろし、箸を取り上げた。妻は所作まで美しい。

オレもウナギでも食って精力つけるかな。博匡が箸を伸ばしかけた時。

博行が素麺を半分口につっこんだまま、うお、とかなんとか叫び、リモコンでテレビのヴォリュームをあげた。

「……のマンションでは、この一年の間に二十三人が入院し、うち、十一名のかたが既に亡くなっています。お年寄りがほとんどですが、小学生のお子さんもひとり、亡くなっています。そのほとんどが、胸の痛みを訴え、喘息のような激しい呼吸困難を起こして衰弱したか、あるいは、なんらかのガンになって死んだのだそうです。そんな中、先月は、九階に住むA子さん二十六歳が、自宅前の廊下からなんと飛び降り自殺をしてしまったことはみなさんがたもご記憶でしょう」

画面は現場らしい建物だが、モザイクがかかっているので、細かなところはさっぱりわからない。隅に出ている字幕は『噂の幽霊マンションを、あの霊能者が！』文字がひどくおどろおどろしい。

「このA子さんは、その日早朝、急性の胃ガンで亡くなった母親のB子さんの後を追った、つまり、一種の心中なのではないかと見られています。……それにしても、なぜこのような病気や事件が続くのか。近所の小学生たちなどが、ここを『幽霊マンション』とか『怨霊（おんりよう）マンション』と呼んで、怖がって前を通りたがらないというのも、うなずける気がいたします」

「ちょっとやだー」雪乃が鼻にかかった声で言い、博行の腕を揺すった。「ヒロってばなんでそんなの大きくすんの。気味わりーよ。やめてよ。咲良の教育にもよくない」

「黙ってろ」博行は雪乃のつかみかかる手からリモコンを遠ざけ、ますます音量を大きくした。

やがて、画面は夜になり、深刻この上ない顔つきのレポーターの後ろに、山伏と占星術師をごっちゃにしてロック風味をまぶしたような年齢不詳の女性が登場した。首からは大きな水晶玉をさげている。彼女は、建物にむかって、ひとしきり、祈禱か勤行のようなことを行うと、ぴたっ、と静止した。

レポーターがマイクをつきつけ、先生、なにかわかりましたか、と訊ねる。

「赤い蛇、青い蛇、黒い蛇」ゲイバーのママのような声が、言う。「ああ、たくさんの蛇たちが苦しんでのたうちまわっている……これは幽霊や先祖霊ではありません。悪霊です。というか、社を壊されて怒りに燃え、邪悪になった神の怨霊です！」

「おーやだやだ」母が震え、膝に抱えた孫に話し掛けた。「怪談の季節だかなんだか知らないけど、こわいでちゅねー、こんな話、いやですねー、ねーサクラちゃん」

「というと？」と、レポーター。「あるいはこういうことでしょうか。このマンションができる時に、もともとあった、蛇神さまのお社を壊したか移転するかなにかしてしまったのが原因なのではないかと？」

「じゅうぶんに考えられることです」霊能者は重々しく言った。「蛇神は、もとは尊いこの土地の氏神さまであられたのでしょう。それが、崇(あが)められるどころか、辱(はずかし)められ、無視されて、お怒りになっておられるのです」

「なんでヘビで呼吸困難なのよ」と、雪乃。「バッカじゃないの」

「住人の方々からは、お祓(はら)いをしてもらいたいという声もあるようですが」

「むろん、即刻、そうなさるべきです」

「……と、高天原(たかまがはら)おにみかづち先生はおっしゃるのですが」男性のメインキャスターが引き取って、画面はスタジオに移った。「では、その費用を誰が負担するのかという点で折り合いがつかず、いまだ実行に移されていません。住人の積み立てた管理費から出すのか、それとも建築施行担当の会社のほうが負担するべきなのか。住民のみなさんは、当然、不動産会社にも責任の一端があると主張しているのですが……」

　本日のコメンテイターのひとりが、蛇神さまはともかく、自然をないがしろにするのはいけませんよねと、話の流れにあわないことを言いはじめた。

博行は舌打ちをしてヴォリュームを下げ、素麵にウナギを乗せて食べ始めた。

「レジオネラかもな」博匡が言った。

「なにそれ」博行は顔をあげた。

「そういう名前の病原菌がいるんだ。一九七〇年代にアメリカで見つかったばっかりの新種だ。オレらの間じゃ、噂のニュースターだな」

博匡の勤める碓井坂下発酵株式会社では、頭打ち傾向の酒造事業にかわって企業の軸足を移す先としてバイオ事業部門を発足させ、微生物科学という肥沃な大地を開拓しようとしているところであった。博匡自身も、腸内細菌に関する研究と実験の腕をかわれて、四年ほど前、大学から引き抜かれたのだ。

「なんとかいうホテルに集まった在郷軍人会のひとたちがバタバタ死んで、当初、在郷軍人病と呼ばれた。ところが、詳しく調べてみたら、宿泊先のホテルの水タンクに謎の病原菌が大量発生しているのが見つかった。その水を浴びたり飲んだりしたひとが、感染したわけだ。体調充分ならたいしたことにはならないが、お年寄りは、癌とかその他の慢性疾患を抱えていることが多いしな。先月、どっかの病院で院内感染を引き起こしたのも怪しいんだよな。新生児が三人ほど肺炎になって、かわいそうに確かひとり死んだはずだ。老人ホームや温泉でも、衛生管理の失敗による死亡事故は実はそんなに珍しくない。レジオネラが見つかるまでは、原因が特定できなかった事例もあるはずなわけだし」

「なんだか最近、そういうお話が多いわね」と溜息まじりに千佳。「大腸菌O-157とかっていうのも怖いらしいし」

「雪乃ちゃん……」母は、心配そうに腕の中の赤ん坊を抱き直した。

「あ、うちはへーき。消毒、うんと気をつけてるもん!」と、雪乃。「咲良のしゃぶりそうなものは、全部アルコールで拭いてるし」

「残念ながらアルコールには充分な殺菌力はない」博臣は両手を広げて、義妹に悪意はないことを示した。「アルコール原液にどっぷり漬けこんで二時間も待ってんなら話は別だが、アルコール綿でちょいと拭く程度じゃ、『拭いた』こと、つまり物理的にこそぎ落とすほうの効果しか期待できない」

「うっそー!　だって、病院でもやるでしょう、注射の時とか」

「気化作用でスッとするから清潔になったような気がするだけだ。ムダは医者も承知だろうが、長年の習慣だし、やらないとサービス悪そうに見えるしな」

「うそー……」

「煮沸のほうがいい。それと、日光。布団干しとか。……けど、サナダ博士の藤田紘一郎先生の持論じゃないが、日本人はそもそも潔癖すぎるんだよ。あまり過敏に過保護にして抵抗力のない子供にするより、多少の垢や埃なんかなんともない子にするほうがいい。それでなくても、アトピーも花粉症も増えてきてるんだし」

「てことは……なぁんだ、家事はサボッたほうがいいってことじゃーん！　へへへ、やったぁ、ちょっとなによ、いまの聞いてた、ヒロ？」

反応がない。見ると、弟の博行は、顔色をへんに白くして、からの箸をぼんやり半端な位置にあげたまま、ひたむきに何かを考えこんでいる。

「どうした？」

「え？　あ、ごめん」目の焦点が合う。「……さっきのレジオネラ、鳥もかかる？」

「鳥？」博匡はあっけにとられた。「いーや。かからんだろう。鳥がなんだ？」

「そーだよ、バーカ。氏神さまは蛇だってば」と、雪乃。

「うん……あのね。……みんなもさ、ここだけの話にしておいて欲しいんだけど」

あまりに芝居がかった声だったので、博匡は笑いそうになった。なにを大袈裟な。

「今年の春、ある場所で、野鳥が大量死しているのが見つかったんだ。見つけてくれたひとを取材しにいったのオレでさ、すぐ記事にしようとしたんだけど……あ、そうだ、兄貴に聞いたじゃん。アスペルギルスってカビのことを何か知らないかって」

「そう言えばそんなこともあったかな？」

「あれさ……あのあと、ちょっと……圧力がかかって、記事出せなかったんだ」

「圧力？」博匡は目をむいた。「新潟日報が、おまえに、圧力？」

「ちぇっ。いいから聞いてよ。あのね、その野鳥の楽園だったとこの周囲で、……さっきのマンションほど極端じゃないよ、誰でも気づくほど、そんなにまとまってじゃあないんだけどさ、最近、なんか……やたらにひとが死ぬんだよ」

みんながシンとしたので、咲良が怯えてむずかりだし、雪乃があわてて受け取った。

千佳はテレビを消し、座布団をそっとずらして博匡に寄り添ってきた。

「新聞は死亡広告出すじゃん。不審死とかなら、記事もでるじゃん。オレ、去年の春まで遡って、県内で病死をしたひとの住所をプロットしてみたんだ。したら、はっきりわかってきたんだよ。それがはじまったのは、今年の春だ。少なくともうちの県では。……いるんだ。なにか。……そのなにかが、春に、瓢湖流域に現われて、そこから四方へ広がってる。なのにまだ誰もそのことに気づいてないんだ！」博行は怒った顔で、自分の掌を拳で叩いた。「でもって。その……長嶺さんっていうんだけどさ、野鳥のこと教えてくれた親父さんにさ、こないだ連絡しようとしたら……死んでたんだよ！　先月だって。突然。からだじゅうに癌ができて。半年前に人間ドックはいってて、その時は、ぜんぜんなんでもなかったそうだ。つまり、それってすげぇ急性の癌だってことだろ。だってあのひと、すげぇ元気だったもん。オレなんかよりぜんぜんたくましくて……あのひとでもかかるならオレとか、もうその何かに……」

雪乃が何か叫びながら博行にしがみついた。

博匡は腕をこすった。知らぬ間に鳥肌がたっている。真夏の昼間の家族団欒（だんらん）の茶の間が、まるで巨大な冷凍庫だ。なんてこった。

「あのな……日本人の四人にひとりは癌で死ぬんだぞ？」低く言う。「おまえが気味悪く思うのはわかるが、偶然の一致ってやつは案外あるもんでな」

「わかってる」博行はうなずいた。「けどね兄貴、アフラトキシンＢは遺伝子のどっかに瓜（うり）二つなんだ。そいつもまた不幸な偶然かもしんないけど。そのクリソツな偽者がＤＮＡに取りこまれると情報が書き換えられる。すると、細胞が自分でセッセと癌を作りはじめる。『七面鳥Ｘ事件』はそのせいで、十万羽が癌になって全滅した」

「博行」博匡は座りなおした。「ちょっと待て。とにかくおまえがいま知ってることを、一度、ぜんぶ、最初から順序よく説明してみろ……！」

一九九七年九月　埼玉県蓮田市こどもげんき動物園

そのヒステリックに甲高い鳴き声は、目の前の鳥の発したものにはとても思えなかった。さすが猛禽というだけあって、たけだけしい鋭い目つきをしている。嘴も爪も見るからに一撃必殺に鋭い。なのに、声ばかりは、ほとんど壊れたラッパだ。

「オオタカ、雄、一歳です」倉巻と名乗った飼育員が教えてくれた。「左足の先がないでしょ？　トラバサミにやられてね。治療しようとしたんですが無理でした」

「……ひどい」武田真吾は唇を抑えた。「オオタカは絶滅危惧種ではありませんでしたか？　……いや、あの。つまり、そんなのを罠にかけたりしていいのですか？」

「むろんダメです」倉巻は皮肉っぽい笑顔を浮かべた。「わが国では、野生の猛禽類は学術調査のための特例以外は、狩猟も捕獲も許されていません。野鳥用の罠やカスミ網は、カモを捕る以外はすべて禁止です。しかし……経験の浅い若鳥は、なかなか餌が取れません。そんな子が、美味しい獲物がごっそりかたまっている場所をみつけたらどうします？」

「そりゃあ嬉しい。迷わず突っ込むでしょう」

「その通り。そしてそれは、放し飼い農法で家禽を育てているかたや、レース用の鳩を飼っているかたがたなどにしてみれば、たまったもんじゃあないんです。獲物は本能的に鷹を恐れます。施設を工夫してあれば、直接殺戮されたり食われたりは滅多にしないでしょうが、天敵が絶え間なく姿を見せればストレスがかかる。卵を産まなくなったり、病気になったりする。重大な損害ですよ。優秀なレース鳩には一羽何百万円もの値がつくそうです。そんなのをやられたら、そりゃもカッと来ますよね。……たとえ、こうして罠にかけて怪我をさせてしまった子でも、うちとかに内密に連絡してくれるところはまだいい。こっそり殺して死体を隠されたって、誰にもわかりません」

　簡素なプレハブ建ての禽舎には、さまざまに異なった種類の鳥がいた。一部はベニヤ板で仕切られた二畳ほどの小屋に放されており、一部は、両足に紐をつけて、円の一部を切り取った形の架台に繋がれている。見れば、片目に膜がかかっていたり、翼に粘着包帯が巻いてあったりする。

この動物園では、バックヤードの一般立ち入り禁止区画の一部を病院にして、傷病鳥を保護飼育しているのだった。野生に戻せない個体は繁殖に使う計画だが、予算や施設や人員の都合からなかなか実現に近づいていないという。

「環境庁が、運輸省とか通産省よりも権限強くなってくれないことにはねぇ。……ここが検疫室です。どうぞ」

アルミのドアをあけると、かすかにただよっていた獣臭さがさらに募った。手術台のある部屋を横切り、鉤の手に折れた先に、ケージが並んでいる。一番奥のひとつ離されたケージは、ベニヤ板で囲われている。壁の一部を切り込んだ小さな撥ね上げ戸の周囲には、なにかの血や肉片のかけらがこびりついている。餌の投入口だろう。

その小さな戸口を、倉巻がそっと持ち上げた。

「どうぞ。ご覧になりたいでしょ？」

いささか怯みながら、武田は膝を屈めて、中を覗き込んだ。暗くて、角度もない。「すみません、なにも見えないんですが……」

スイッチをいれてくれたらしい。いきなり紫色の灯りがついた。はばたき音がみるみる近づいたかと思うと、いきなりドーンとこちら側の壁が殴られた。灯りに驚いて、飛んできてぶつかったのだろう。本能的に避けたあまりひっくりかえりそうになりながら、なんとか持ちこたえた武田は、見た。

濃い茶色の羽根の大きな鳥が奥の角の棚にうずくまっている。威嚇的な前屈み姿勢で、翼を半端に開いた格好だ。やはり半端に開きっ放しの嘴から、はぁはぁと荒い息をついている。黒い両目は焦点があっていない。いまの騒ぎに舞い上がった藁屑や抜けた羽毛やなにかの骨が、あるものはどさどさと、あるものはふわふわと、遅く速く落ちていく。

湿った土の匂いと、正露丸のような匂いと、かすかに酸っぱ甘い微臭を武田は嗅ぎ取り、すぐにハッとした。ここは気密になっていない……開放空間じゃないか……!

「これは、ノスリというタカの仲間で……」言いかけた倉巻を遮って、

「なぜ完全隔離しないんです?」あわてて窓を閉め、閉めた上をしっかりと手で

抑えながら、思わず責める口調になってしまった。「あの鳥がアスペルギルス症なのだとしたら、この空間には、大量の危険な胞子が飛散している！」

「他個体とは接触させてませんよ」ややムッとして、倉巻が言った。「その窓も滅多にあけないし。そんなに怯えなくたって。人間はアスペルギルスにはかかりません」

「……ならいいですが……」武田は低く言い、目を伏せた。

飼育員たちの事務室に戻る。休園日なので、ひとはほとんどいない。静かだ。案内されたのは古いソファのあるちょっとした休憩スペースだ。デコラの丸テーブルの上に空き缶やノートパソコンが出しっぱなしになっており、周囲にも、種々の資料やパンフレットやマニュアル、図鑑、専門書などが散らばっていた。

それらをざっとまとめて椅子の上にどけると、倉巻は、一冊の大判の洋書を開いた。「こいつはつい最近刊行されたもんでね。ヴェルサイユの野鳥リハビリセンターの知人に薦められて取り寄せたところです。ご参考になればいいですけど……アスペルギルスはここですから」あらかじめ付箋をつけておいてくれたらしい。「わたしはあっちで用足しをしてますんで。何かあったら呼んでください。

どうぞごゆっくり」

　すみません、と頭を垂れている間に、みるみる遠ざかられてしまった。過敏な反応をして気分を害してしまったのかもしれない。この上うがいをしたいなんて言ったら、追い出されるかも。

　武田はそっと溜息をつき、渡された書籍の、まず表紙と、発行データを見た。『Bird of Prey Medicine and Managment』猛禽類の医学と取り扱いに関する専門書のようだ。九五年にドイツで発刊され、今年英語版が出たものらしい。付箋のついたページの細かな英文を、武田は指でたどりながら読んでいった。いくつも知らない単語が出てきたが、とにかくザッと眺めることにした。役にたちそうだったらあとで同じものを手にいれよう。昔風の医学教育を受けた鹿又にとっては、原本のドイツ語版のほうが読みやすいかもしれない。

　解剖された鳥の内臓内部にある病変部のカラー写真は、まさに見慣れたカビそのものだ。黒いコロニーの周辺をふわふわした綿毛状の胞子が取り囲んでいる。これを見たらどんな焼き鳥フリークも「うまそう」とは思わないだろう。

　こまかなアルファベットと死体専門医には縁のない固有名詞の連続に頭と目が

チカチカして来たので、ちょっと手を止めた時、もう一箇所付箋がつけてあるのに気がついた。めくってみると表がある。なにかの名前が並んでいる。Ketoconazole, Enilconazole, Itoraconazole, Fluconazole, Miconazole……ぞーる、ぞーる。ぞーるばかり。それをボクは指でなぞーる。

ふと浮かんでしまったあまりにくだらないダジャレにひとりひそかにガクッと脱力した次の瞬間、気がついた。薬物だ。これらはみな抗真菌剤の名前だ。この表は、どの薬品をどういう処方でどのぐらい使うべきかについてまとめている。あわてて表タイトルを読んだ。Drugs commonly used to aspergillosis……アスペルギルス症に効く薬？　なんだ、あるじゃないか！

急ぎ、表の内容を探る。ＴＩＤという略語は、一日三回の意味だ。二十分。1.5 mg／kg。ネブライズというから吸入だ。表の下のほうは、ぞーる一族ではない薬物の名が載っている。Flucytosine と Rifampin と AmphotericinB。Bがあって A がないのはなぜだろう？　しかし、なぁんだ、治療不可能なんかじゃない。アスペルギルスと闘ってきたひとたちがここにちゃんといた。

どうやら、表にあるような抗真菌剤溶液を酸素テントで吸入させるか、内視鏡つきの注射器か噴霧器で気管内部に直接作用させれば、アスペルギルスは退治できるらしい！

ありがとうドイツの人。参照することのできるより詳しい論文の案内も略号で載せてくれているし。

もっとも、フラバスやフミガッスに有効な抗真菌剤が、新種フルミネンセにも確かに有効であるのかどうかは、まだわからないが……。

武田は、ハンカチを出して手と額の汗を拭った。慣れない電車を乗り継いでここまで来た甲斐があった。あとは……アスペルギルス症かもしれないあの鳥が死んだ時、鴨川の有坂先生にクール便で送ってもらえるよう頼むだけだ。

一九九七年九月　東京都渋谷区恵比寿ガーデンタワー

オートロックを解除した舟和高徳は、自室のドアを大きく開き、笑顔を作って待っていた。やがて、エレベータ・ホールのあたりでごとんと音がする。軽やかにパンプスを響かせながらやってきた女は、舟和を見ると、あっと口をあけてあわてて後ずさった。耳からヘッドフォンステレオを毟り取り、バッグから携帯を引っ張り出す。

「待って」舟和はドアノブにもたれて、重たいからだを支えた。「俺はエイズじゃない。証明書もちゃんとある。それに……見て」

封緘された百万円の新札を指でぱらぱらさせる音に、番号をプッシュしかけた女が、思わず手を止め、顔をあげる。

「なんなら……そんなこと全然しなくてもいいんだ。ただ、ちょっと」舟和は肩をすくめた。「かわいい子と、ゆっくり話がしたくてさ」

女はごくりと喉を鳴らし、札束と舟和の顔を何度か交互に見たが、結局、首をふりながら、後ずさった。その間に、携帯をプッシュし終わったらしい。耳にあてる。

「もし。いまつきました。けど……ねー、このひとさヤバイ。何か病気みたい……ていうか」そこで女は声をひそめたが、充分にではなかった。「今にも死にそう。勘弁」

舟和はもう一度未練がましく百万円を掲げ、眉も掲げて見せたが、女は、すまなそうな顔つきをしつつもしっかりと横に首を振った。

「はい……はい、うん。わかりました。……すみません。じゃ」

切った電話をバッグにしまい、そのバッグをキャミソールの肩にかけなおすと、女はその場から一歩も舟和に近づかないまま、悪いね、と言った。

「あんた病院行ったほうがいいよ。ぜったいそのほうがいいって」

素早く背を向けて歩き出した女を追いかけて、札束をやろうと思った。気にかけてくれたお礼に。だが、からだは重く、腕も足もだるく、ほんの十歩が月よりも遠かった。

舟和はドアを閉め、錠をおろし、チェーンもかけた。

壁の鏡に、全身が映っている。たしかに、誰が見てもひと目でわかる瀕死の病人だった。服の上からでも骨格がわかる。顔が特にひどい。落ち窪んだ眼窩とどす黒い隈のせいで、髑髏そのものだ。

髪だけがなまじ小ざっぱりと艶めいている。行きつけの美容師に無理を言ってうちまで来て調髪してもらったのだが、たぶん、滑稽な見栄だっただろう。事前にと、シャワーを浴びて、香水までまとっていたことも。新しい下着を身につけたことも。

自嘲的に笑った拍子によろけ、よろけたせいで握っていた札束が落ち、床にぶつかった勢いで封がはずれた。笑いすぎると、咳が出た。掌で拭うと黒いものがついた。口のまわりも、イカスミでも食ったようにまた真っ黒になっているだろう。

黒は舟和の好きな色だった。黒は高貴であり、なにものにも染まらない。

しかしまさか臓物まで真っ黒けになっちまうとはな。そりゃ腹黒い舟和家の遺伝子に実にまったくぴったりだぜ。ますます笑いがとまらなくなる。黒い洟汁と黒い唾液を垂らしてげらげら笑いながら、ばらけた金を踏みながら、黒い手形を壁につけて歩いた。途中で何度かブラックアウトしたので、どうやって寝室にたどりついたのかよくわからない。

黒革と黒サテンの豪奢(ごうしゃ)なベッドの真中で、胎児の姿勢をとりながら、舟和は涙を流している。黒い涙が、顔を汚している。

「……かあさん……」誰にも届かない声で、舟和はつぶやく。「俺、いったい、どうなっちゃったんだろ。こわいよ……すげぇこわい……さみい……」

6

一九九八年六月　和歌山県和歌山市県医師会館

赤い絨毯のしきつめられた階段の途中に『日本化学療法学会』の看板が立っている。そこらに受付があるらしいのだが、列は長く、さっぱりはかどらない。ひとの群のあちらこちらから、「斑状小水泡が」「グラム陰性菌が」「ゾロで青いやつ」など、いかにも専門家集団らしい囁き声が漏れている。

群は熱を発し、動かない空気はそれを籠もらせる。小中博匡は息苦しさを感じた。書類鞄を脇に抱え、ネクタイの結び目を緩め、シャツの第一ボタンをはずそうとした。きつい。きつすぎてなかなか取れない。無理にとろうとしているうちにうっかり肘で誰かを押してしまった。あわてて会釈をする。

「盛況ですね」ブルドッグめいた風貌は、なんと会いたかった当人ではないか。

「あの……すみません、寶船酒造の北沢さんですよね？」小中は早口に言った。

「御社のニュース・リリース、ネットで拝見いたしました。カンジダのプロトプラスト細胞の膜タンパク質から極めて有望なワクチン活性が出たそうで。大発見ですね！」

「どうも」北沢はくすぐったそうに頬をほころばせた。「おたくさまは？」

「はい。碓井坂下発酵の小中と申します。実はですね、あのう、御社のその新規ワクチンが、新種の劇症アスペルギルスに働くのかどうかをぜひ検討させて……」

「劇症？」北沢が眉をひそめた。「あれは、都市伝説じゃないんですか」

「ええ」小中は声をひそめた。「実は、鴨川の真核微生物研が近々……あ」

名刺を出そうともがいているうちに、ダース・ベイダーのテーマが鳴り響きだしたのだった。北沢がクスッと笑う。小中は赤面した。

「……失礼、後ほど、ほんとにぜひ。よろしかったら」

ぎゅうぎゅうの人ごみを抜け出して、やっと電話に出る。「もしもし？」

「お仕事中ごめんなさい。いま、だいじょうぶ？」千佳だ。

「いいよ、でも短く頼む。なに？」

「……できたわ」

瞬き一回。みごとに短かった言葉の意味が脳みそに達する頃、追加情報が入った。

「検査薬が陽性だったから、病院にいって、超音波で診てもらいました。三ヶ月よ」

「そ……そうか！」携帯電話ってやつは、力をこめて握りしめるにはなんて小さすぎ、華奢すぎるんだろう。「よかった。いやーよかった。そうか。嬉しいよ。ありがとう。やっとだったな。ほんとにほんとによかった！　よくやったぞ！」

知らず知らずのうちに大声になった。

「ありがとう……でも……でもねあなた」

「どうした？　なにか、問題でもあるのか？」

「だって」千佳は震える声で言った。「恐ろしいカビが日本じゅうに広がってるんでしょう。おおぜいのひとが、息ができなくなったり、癌になったりして、どんどん死んでしまっているんでしょう？」

そんなことはない、とは言えなかった。妻に嘘をついたことは、一度もない。

「そんなひどい世の中に、赤ちゃん生んだりしていいの？　だって、もし、ただ不自由させて、苦しめるだけなのなら、いっそのこと……」

「バカ！」小中の胸は痛んだが、それを声にはにじませなかった。「産めよ。産もうよ。いいとも。当たり前じゃないか。安心しろ。素晴らしい薬が開発された。だいじょうぶだ。俺たちはぜったい負けない。信じろ。なんとかしてみせる。だから、もうへんなことはぜったいに考えるんじゃない！」

「……うん……」

釈然としない様子で言った妻が、ふと、声を明るくさせた。

「あのね、わたし、このあいだ夢を見たの。家族で海水浴に行くの。あなたがこどもを抱っこしていて、その子のこと呼んだのよ。知らない名前だったけど、もしかすると、それ、この赤ちゃんの名前だったのかもしれないね」

「おお。きっとそうだ。何て名前だったんだ？」

妻は答えた。

なかなかいい名前じゃないか、と小中は言った。その名なら、男の子でも女の子でもいい。

電話を切ると、いつの間にかあたりににやにや笑いの人垣ができている。

「おめでたですか！」

「よかったですね」

「はやく帰って、お子さんの顔を見てあげたほうが」

単なる顔見知りたちに、微笑まれ、拍手までされてしまう。

「いや、いや、その。違うんです。まだ生まれたわけじゃなくて、ただ無事、できてたってだけなんで……そんな」

冷や汗かきかき、足早に輪を逃げ出す。受付の列は詰まってしまっていたので、しかたなく、最後尾に並んだ。

できたか。……ついに！　ほんとうにどっちだろう。男の子なんだろうか、女の子だろうか。

うきうきする心の底に、だが、ひやりと黒いものがあった。

千佳にはああ言ったものの、勝算は五分五分にすぎないことを小中は知っていた。

動物実験では、アムホテリシンBが、アスペルギルス・フルミネンセにも有効であることが確認されている。しかし、人体に対してどうであるかはまだわからない上、アムホにはひとつ、大きな避けがたい副作用があるのだった。

寶船酒造の新しい抗真菌剤がアムホ以上に有効であるか、あるいはなにかまだ試していない他の薬品と併用することでくだんの副作用を抑えこめればいいのだが……。

その子が……コナカチヒロが……生まれてくる時、日本はまだ、正常な状態でいることができるんだろうか？

一九九八年十二月　千葉県鴨川市国立真核微生物研究所

ごうごうとすさまじい音が耳を圧している。気密服の中を駆け抜けていく嵐だ。壁に繫(つな)がったホースから流れこむ空気はひどく冷たく、ものの一分も吸っているとたまらなく喉が渇いた。むろん、緊張のせいもある。この服の重さや着心(きごこ)地(ち)の悪さ、左右に並んだ多数のノズルから吹き付けられる薬液のしぶき。そして何より、ここがもっとも危険な微生物汚染危険区域への入り口だという事実が、唾液腺を干(ひ)上がらせる。

Ｐ３から４へのエアロックを兼ねた狭苦しく短い廊下を、宇宙飛行士じみた格好の五人組は、慎重この上ない足取りで進んでいた。床は薬液で濡れているし、誰しも、万が一にも、躓(つまず)いたり転んだりして、気密を損ないたくないのだ。なんだかほんとうに月探検でもしているような足取りだ。

ほどなく廊下は行き止まりになった。Ｐ４のドア、隔壁だ。みな立ち止まり、互いに目を覗きあい、ＯＫのハンドサインを交(か)わしてうなずきあった。通話装置もついていたが怒鳴りあわなければ聞こえない。ジェスチャーのほうが便利だった。

武田真吾は二度大きく深呼吸して、エアホースを掴んだ。有坂博士のしてみせる手本のとおり、途中の弁を閉じ、プラグを外(はず)した。唐突に嵐が消える。恐ろしいほど静かになる。

有坂博士が手袋を嵌めた手でテンキーを打つと、どこかで掛け金がはずれる音がした。大きな丸ハンドルをまわすと、こんどは空気が抜けていく音がする。分厚い鋼鉄扉は、陰圧のせいで、見かけより軽く押しあけることができる。ここからいよいよ最悪のバイオハザード空間Ｐ４、地獄の釜(かま)の蓋の中だ。

五人は素早くドアを潜った。たちまち、動物の声が聞こえはじめる。猿や犬や鼠(ねずみ)たちだ。Ｐ４はいくつかの小部屋に分かれており、その大半が、さまざまな種類の実験動物を収容している。

ドアを閉じる作業はシンビ研のひとたちが引き受けてくれることになっていたので、武田は素早く奥へ歩き、小さなドアの前でちょっと立ち止まって、声をかけた。

「おじゃまします」

そこはとても暗い。ベッドのヘッドボードにクッションをあてがってもたれかかった鹿又綾子がニヤッと親指を立てているのが、なんとかわかるぐらいだ。

アスペルギルス症の進行を抑える薬物アムホテリシンＢは、副作用として、強烈な光過敏症をもたらすのだった。

およそ０・１ルクス、よく晴れた満月の夜ほどの明るさが限界である。それ以上明るい光を一定量以上浴びると、激しいアレルギー発作を引き起こす。アレルギーであるから、どういう症状が出るかはひとそれぞれの体質による。いずれ、そのひとの最も弱いところから順番に影響が出る。典型的な例でいえば、まずからだじゅうがヒリヒリと痛み、ジンマシンや水泡を生じる。それでも過剰な光を浴び続けていると、胸苦しくなり、喘息のように咳こみはじめる。やがて発熱し、嘔吐(おうと)し、下痢をする。さらに長時間、強い光にさらされれば、粘膜や弱った臓器から順番に出血がはじまる。壊死(えし)した部分から肉が崩れ溶けだし、腐って落ちる。視神経が問題なわけではないので、たとえ濃いサングラスをかけたり目隠しをしたりしたとしても、この反応を防ぐことはできない。

一日三回各二十分、規定量のアムホ溶液をネブライザーで吸入してさえいれば、体内にとりこんでしまったアスペルギルスの増殖をほぼ押さえ込むことができる。そのかわり、つま先から額まで、全身の皮膚細胞のすべてが、明るい光を拒(こば)む体質になる。太陽光線を浴びれば、死ぬ。いわば人工的な吸血鬼になるのだ。

だから……アスペルギルスに感染した者は、四六時中周囲を暗く保っておかなければならない。二度と明けぬ夜を生きていかなければならないのだ。

武田は何かそこらにあったものに不器用に足をぶつけながら、半ば手探りでそばまで進み、スツールを引っ張り出して腰をおろした。

持参のケーキの箱を手渡そうとしたら、耳元のスピーカーから、まず空気、と叱る声がした。エアホースを繋げというのだ。しかしいったん繋いでしまえばもう、懐かしい師の声はごうごういう風の音ごしにしか聞こえない。もう二、三分、気密服内部の空気を呼吸し続けたからといって、二酸化炭素中毒にはならないだろう。

「先生……」

武田は、骨っぽいが頑丈な恩師の手を……あいにくこちらは無粋な手袋ごしではあるが……力をこめて握りしめ、老女の顔をしみじみ見つめた。暗いので、うんと寄らないと微細な表情がわからない。あまり変わりはないように見える。疲れているようでもないし、へこたれているようでもない。そもそも毎日のようにテレビ電話で顔を眺めているのだから、そう変わっているはずもない。

ここに入った当初、サルどもが鳴いて眠れないから耳栓を送れ、と柄(がら)にもなく弱音を吐いたことがあとから悔しくでもなったのか、最近の鹿又は、ことさら元気で、すこし躁(そう)なほどに陽気だった。ひょっとすると強がりなのか、あるいは、投与されている薬品の影響なのかもしれないが。

「お加減よさそうです」

「もちろん。快調だって言ったろ。いいからさっさと空気つけて」

「はい」

しかたなく仰(おお)せに従うと、からだの表面を嵐が吹いた。ただでさえ隔(へだ)たっている距離がなおさら開いたような気がして、武田は感傷的な気分になる。泣き顔を見られたりしたらまたからかわれるから、立ち上がって、ケーキの箱を冷蔵庫にしまう。

鹿又はその間にヘッドセットをつけたらしい。増幅された声が耳元で言う。

「で、紫外線ランプはまだなの？　いつ来るって？」

「えーと、はい、いえ」嵐に負けずと声をはりあげる。「すみません、あいにくまだはっきりした回答がなくて。もう一週間も、毎日催促してるんですが」

「ほんと？　なんで？　アタシを骨粗鬆症(こつそしょう)にしようってのかい！」

人間は犬などとは違って日光から直接ビタミンDを合成することはできないが、紫外線をまったく浴びないと、骨が弱ることが知られている。

「それが……あの、はい。どうも、どこかが内密に、数を押さえてるみたいで」鹿又は顔をしかめた。「まさか……この期に及んであくどく儲けようとしているバカがいるってこと？」

「そうかもしれないんですが」声をひそめようにも、嵐が邪魔だ。「どうも、厚生省が確保に動いているらしいんです。たぶん、緊急発表後の困難に対処すべく」

「ははあ！　お国の考える優先順位に従って配給しようってわけだ」鹿又は笑った。「まぁ確かに。いくらあわてて増産したって全国民分なんざ、できるわきゃないが、そいつがほんとに必要になるのは、どうせせいぜい何百万人かだろ？　そもそもアムホのほうが絶対に足りないんだから」

「ぜんぜん足りません」武田はうなずいた。「それで喧喧囂囂の議論が続いてます。アムホの有効性を発表するべきなのか、せざるべきか。発表すれば間違いなく、奪い合いになりますから」

アムホテリシンBは、増殖したアスペルギルスの分泌するアフラトキシンBによって生じてしまった癌のほうに効くわけではない。それには別の治療が必要だ。しかし癌ができるほど壮健な患者は、呼吸器障害に耐えていたとしても、まず確実に肺がカビだらけになっている。アムホ吸入が多少なりとも呼吸を楽にする以上、ムダだからとそれをとりあげるのはあまりにも残酷であった。

「かといって……どこかには線を引かなければな。既に手遅れな人々のことは……ほんとうに気の毒ですけど……心を鬼にして諦めなければ……」

養鶏農家のように、と武田は思った。発病集団はすみやかに隔離し、焼却廃棄し、『飼養管理衛生の徹底を図』るべし。

日本政府はいま、史上最悪の決断を迫られていた。いかなる痛みを伴おうとも、どんなに多数が反対の声をあげようと、果断な危機管理能力を発揮できなければ、日本が……いや、人類が全滅する。

「買い占めて高値で密売しようとするひとが出ることも心配しているようです」

「そんなこと考えてる場合かよ。ったく、人間の欲望ってやつは！」鹿又は目をそむけ、それから、おい、と武田の手を叩いた。「知ってるか、グリーンランドで、大昔の鳥の屍骸がめっかったんだとさ」

「いえ？」

「今朝ネットで見つけた。URLを送っといたから、帰ってから読んでくれ。ただの勘だが……思うに、これだよ」

「なにがです」

「だから、フルミネンセ誕生秘話さ。いつか話しただろ。突然変異か、秘境探検隊のお土産だろうかって」

鹿又は目をあげた。そこにあるのは、ただの壁で、分厚い樹脂塗料で蔽われたP4の隔壁で、しかも、ほとんど真っ暗といっていいほどに暗かったが、鹿又はその壁を通してどこか遥かに遠いところを見つめているのだろうと武田は思った。

「白亜紀あたりに死んだ鳥のからだが、氷の中に閉じ込められて、何百、何千万年もずっと冷凍保存されていたんだろう。ゆっくり動く氷河にのって、じわじわ運ばれ、地上に出た。たぶん、近所を渡り鳥が飛ぶようなあたりにね」

鹿又がことばを切ると、武田の耳には、ただ、ごうごうとコンプレッサーから吐き出されてくる風の音しか聞こえない。

「ようするに北極圏がぬくまったのがまずかったんだね。つまり犯人は二酸化炭素だ。地球温暖化だよ。これで人類が滅亡するなら、つまりは自業自得だってこったな」

一九九九年七月

日本政府は緊急発表を行った。

北国の港の町の夜明け前。

誰もいない暗い坂道を、一組の家族が黙々と登っていく。

男がふたり、女がひとり。

女は、小さな女の子の手を取っている。

男のひとりは、まだほとんど赤ん坊といっていい幼児を背負っている。

小さな女の子のシルエットが妙なのは、浮き輪をはめているからだが、それがはっきりわかるのは、太陽がそのきらめく姿を水平線に現わしてからのこと。

幼児は眠っている。

いまだ安らかに眠っている。

やがて彼は揺り起こされるだろう。

そして夜明けを見るだろう。

明るい空と海と大地と、かけがえのない家族たちを見るだろう。

小中千博が一生けっして忘れない
『いちばん楽しかった時』は、

これから。

おわり

『いつか海に行ったね』謝辞

本書成立には多くのかたの協力が必要であった。帝京大学バイオサイエンス学科の相沢慎一教授と、作家瀬名秀明氏には、あつかましくも第一稿をお読みいただき、助言をお願いした。お忙しい中快くお引き受けくださったことに感謝している。剖検に関しては、お名前をあげることのできない医学関係者に資料を提供していただいた。「ヒトと動物の関係学会」理事であり鷹匠でもある夫の波多野鷹とは、長時間のディスカッションを行った。そもそも彼がいなければ、アスペルギルスというカビの名を知ることすらなかったであろう。

この物語はフィクションであり、著者には、いかなる個人・団体をも傷つける意図はない。現在知られている科学的事実に則（のっと）って「恐ろしいが、ありえなくはない」事態を推測するべく心がけたつもりではあるが、無知や誤解による過ちの責任はすべて著者にあり、また小説的効果のために意図的に誇張して描いた部分もなくはない。明らかな錯誤や不適切な部分があったら、ご指摘いただければ幸いである。

重要参考文献

『人に棲みつくカビの話』宮治誠（千葉大学真核微生物研究センター）草思社
『新編　獣医ハンドブック』養賢社
『ホット・ゾーン』リチャード・プレストン　飛鳥新社
『Bird of Prey　Medicine and Management』
著者　Manfred Heidenreich　訳者　Yvonne Oppenheim
一九九五ドイツ語版　一九九七英語版
出版社 Blackwell　Wissenschafts-Verlag/Blackwell Science Ltd.
おおいに参考にさせていただいたインターネット・サイト
「モンゴルにおける家畜大量餓死の真相について」『日本獣医師会』
「最強の発ガン物質のお話」フジテレビ
「新種ワクチンの発見について」宝酒造
（この他『アスペルギルス』『アフラトキシン』『抗生物質』などの単語で検索をかけてヒットした多数のサイトから、たくさんのデータやヒントをいただきました。どうもありがとうございました）

いつか海に行ったね

一〇〇字書評

切り取り線

購買動機（新聞、雑誌名を記入するか、あるいは○をつけてください）

□（　　　　　　　　　　　　）	の広告を見て
□（　　　　　　　　　　　　）	の書評を見て
□ 知人のすすめで	□ タイトルに惹かれて
□ カバーが良かったから	□ 内容が面白そうだから
□ 好きな作家だから	□ 好きな分野の本だから

・最近、最も感銘を受けた作品名をお書き下さい

・あなたのお好きな作家名をお書き下さい

・その他、ご要望がありましたらお書き下さい

住所	〒				
氏名		職業		年齢	
Eメール	※携帯には配信できません		新刊情報等のメール配信を 希望する・しない		

この本の感想を、編集部までお寄せいただけたらありがたく存じます。今後の企画の参考にさせていただきます。Eメールでも結構です。

いただいた「一〇〇字書評」は、新聞・雑誌等に紹介させていただくことがあります。その場合はお礼として特製図書カードを差し上げます。

前ページの原稿用紙に書評をお書きの上、切り取り、左記までお送り下さい。宛先の住所は不要です。

なお、ご記入いただいたお名前、ご住所等は、書評紹介の事前了解、謝礼のお届けのためだけに利用し、そのほかの目的のために利用することはありません。

〒一〇一‐八七〇一
祥伝社文庫編集長　坂口芳和
電話　〇三（三二六五）二〇八〇

祥伝社ホームページの「ブックレビュー」からも、書き込めます。

http://www.shodensha.co.jp/bookreview/

祥伝社文庫

いつか海(うみ)に行(い)ったね

平成13年11月10日　初版第1刷発行
平成26年 8 月15日　　　第3刷発行

著　者　久美沙織(くみさおり)
発行者　竹内和芳
発行所　祥伝社(しょうでんしゃ)
東京都千代田区神田神保町3-3
〒101-8701
電話　03（3265）2081（販売部）
電話　03（3265）2080（編集部）
電話　03（3265）3622（業務部）
http://www.shodensha.co.jp/

印刷所　堀内印刷
製本所　ナショナル製本
カバーフォーマットデザイン　芥 陽子

Printed in Japan ©2001, Saori Kumi ISBN978-4-396-32896-2 C0193

祥伝社文庫の好評既刊

恩田陸 **不安な童話**

「あなたは母の生まれ変わり」変死した天才画家の遺子から告げられた万由子。直後、彼女に奇妙な事件が。

恩田陸 **puzzle〈パズル〉**

無機質な廃墟の島で見つかった、奇妙な遺体たち！　事故か殺人か、二人の検事が謎に挑む驚愕のミステリー。

恩田陸 **象と耳鳴り**

上品な婦人が唐突に語り始めた、象による殺人事件。少女時代に英国で遭遇したという奇怪な話の真相は？

恩田陸 **訪問者**

顔のない男、映画の謎、昔語りの秘密――。一風変わった人物が集まった嵐の山荘に死の影が忍び寄る…。

近藤史恵 **カナリヤは眠れない**

整体師が感じた新妻の底知れぬ暗い影の正体とは？　蔓延する現代病理をミステリアスに描く傑作、誕生！

近藤史恵 **茨姫（いばらひめ）はたたかう**

ストーカーの影に怯（おび）える梨花子。対人関係に臆病な彼女の心を癒（いや）す、繊細で限りなく優しいミステリー。

祥伝社文庫の好評既刊

近藤史恵　Shelter

心のシェルターを求めて出逢った恵といずみ。愛し合い傷つけ合う若者の心に染みいる異色のミステリー。

若竹七海　クールキャンデー

「兄貴は無実だ。あたしが証明してやる！」渚、十四歳。兄のアリバイ調査に乗り出したが……。

柴田よしき　R-0 Amour（リアル・ゼロ　アムール）

「愛」こそ殺戮の動機!? 不可解な三件のバラバラ殺人。さらに頻発する厄災とは？　新展開の三部作開幕！

柴田よしき　R-0 Bête noire（リアル・ゼロ　ベトノワール）

愛の行為の果ての猟奇殺人。女が男を嬲（なぶ）り殺しにする事件が続く。ハワイの口寄せの来日。三部作第二弾。

柴田よしき　V（ヴィ）ヴィレッジの殺人

女吸血鬼探偵・メグが美貌の青年捜しで戻った吸血鬼村で起きた絶対不可能殺人。メグの名推理はいかに!?

柴田よしき　ふたたびの虹

小料理屋「ばんざい屋」の女将の作る懐かしい味に誘われて、今日も集まる客たち…恋と癒しのミステリー。